Ara soc un llac

Narrativa, 621

Natàlia Cerezo

Ara soc un llac

Editorial Empúries

Barcelona

Primera edició: gener del 2024

El conte «Sacrifici» va ser publicat al diari *Ara* el 2019.

Editorial Empúries
Diagonal, 662-664 — 08034 Barcelona
info@grup62.com
www.editorialempuries.cat

Fotocomposició: Grup62
DIPÒSIT LEGAL: B. 20.438-2023
ISBN: 978-84-19729-17-0

PEFC
PEFC/14-38-00305
PEFC Certificat
Aquest llibre procedeix de boscos gestionats de forma sostenible
www.pefc.es

TAULA

Per a josep l. badal

Per a Jordi D.

Per als gats

Now I am a lake. A woman bends over me,
Searching my reaches for what she really is.
Then she turns to those liars, the candles or the moon.

SYLVIA PLATH, «Mirror»

Ara soc un llac. Una dona es vincla sobre meu,
cercant en els meus confins el que realment és.
Aleshores es tomba cap a aquelles mentideres,
les espelmes o la lluna.

SYLVIA PLATH,
«Mirall» (trad. de Montserrat Abelló)

TAIPEI

El Lin em va trucar i em va semblar entendre que deia que el Klaus no es despertava. El meu xinès s'allunyava cada dia més i més de la ciutat, com jo mateixa, i s'havia acabat convertint en una gràcia per entretenir la família durant les llargues sobretaules de Nadal. Ara que el necessitava l'havia de desenterrar dels racons del cervell on creia que s'amagava.

Feia setmanes, mesos, que el Klaus dormia. Havien tingut un accident amb la moto, em va dir el Lin, i no sabien quan es despertaria, ni si ho faria mai, i es va disculpar perquè no s'havia recordat de trucar-me, feia tant de temps que no parlàvem, però el Klaus encara em mencionava força i va pensar que segurament encara érem amics i que voldria saber el que li havia passat. «Sí, és clar», vaig contestar amb un fil de veu. No em vaig atrevir a dir-li que l'última notícia que n'havia tingut era un correu de feia més de dos anys en què em preguntava com m'anaven les coses i em convidava a casa seva, un pis que havien comprat amb el Lin a Da'an on esperava quedar-se a viure per sempre. Vaig penjar el telèfon i vaig seure a la vorera. Passava un aire calent que aixecava la pols del carrer. Vaig enfonsar el cap als braços i em vaig posar a plorar.

L'hospital era més gran del que recordava, un laberint de passadissos verds i fletxes a terra que portaven a dreta i esquerra, amunt i avall, que pujaven i baixaven escales. Ja no reconeixia la majoria de caràcters, excepte algun que, aïllat, probablement no transmetia el significat complet de la paraula: 'pacient', 'habitació', 'perill'. Com en aquells contes en què la vida de l'heroi depèn del fet que resolgui una endevinalla, gairebé esperava trobar un tigre o un fossar sense fons darrere la porta de l'habitació on el Lin m'havia dit que el tenien. Vaig trucar amb suavitat. Va obrir la Johanna, la mare del Klaus, que quan li vaig dir qui era em va abraçar.

Si no fos pels tubs i per la via al braç, el Klaus hauria semblat la Bella Dorment. Un llençol el tapava fins al pit, els braços descansaven a banda i banda del cos. Li havien tret les desenes de collarets i polseres que sempre duia, el braçalet amb la pedra verda. Encara que li havien rapat un costat del cap, on una ferida li travessava el crani, tenia la resta dels cabells, de color de mel i tan llargs, sobre el coixí. A la tauleta del costat hi havia un raspall i un gerro de flors.

—A la nit si no puc dormir els hi raspallo —em va dir la Johanna, i me la vaig imaginar fent-li trenes i posant-li les rosetes mig marcides del gerro darrere de les orelles fins a formar una corona.

El somriure del Klaus no s'adeia amb la pell tibant i encetada de la cara, rosada i acabada de néixer.

—Riu com sempre ha rigut —li vaig dir a la seva mare mentre seia en una butaca, i ella em va contestar que sí, i que estava convençuda que ens sentia, encara que els metges no havien sabut què dir-li, potser perquè no l'acabaven d'entendre. Tenia un anglès tancat i insegur, de persona gran. Va agafar-li una mà i va sospirar.

Havíem estat germans.

En sortir de l'hospital no em veia amb cor de tornar a l'hotel i vaig agafar el metro fins a Shilin, com acostumàvem a fer els divendres. Llavors semblava que mai acabava de fer-se de nit, i que les parades de menjar es multiplicaven, fantasmals. Vaig tornar a trobar els venedors amb cara de guineu, dones amb mocadors al cap rentant les olles al carrer a la gatzoneta, l'olor del tofu pudent que ho amarava tot. I una mica més enllà massatges de peus i jocs de pinça mecànica i venedors de cors i potes de pollastre a la brasa, gent sopant asseguda en tamborets, homes fumant amb una mà recolzada al genoll.

Tan similar i tan diferent d'abans, el mercat brunzia, els turistes miraven cap amunt i feien ganyotes al menjar que els semblava més estrany, i els joves, tan arreglats i brillants que semblaven de plàstic, es feien selfies a la cua de les paradetes de moda, carretons amb tendals grocs i llums penjats d'un ganxo.

Quan vaig baixar de l'avió, i després de passar una estona en silenci al taxi, el Lin em va preguntar com era tornar després de tant de temps. Havia insistit a passar-me a buscar tot i que va haver de demanar festa a la feina, i va voler que em quedés a casa seva, però jo ja havia reservat una habitació en un hotel que era en un carrer gran que no vaig reconèixer.

Creia que coneixia cada pam de la ciutat, però on recordava que abans hi havia una botiga de dimsum ara hi havia un banc. Al 7-Eleven, un FamilyMart. Vaig entrar a la botiga com buscant alguna cosa, només hi vaig trobar l'olor estranyament familiar dels ous que bullien en les olles enormes de te. Els treballadors ja no em miraven; ni s'espantaven, ni se sorprenien que parlés xinès. M'atenien en un anglès polit. Ara només era una turista.

El Lin i jo només ens havíem vist una vegada en persona. Jo ja havia tornat al poble i el Klaus encara treballava al FamilyMart. Un estiu, l'estiu que el Klaus va voler presentar el Lin a la seva mare, tots dos van venir a Europa i va insistir que jo l'havia de conèixer, també. Em feia vergonya que em veiessin allà, treballant amb vestit jaqueta i cara d'avorriment al poble polsegós i miserable d'on havia intentat fugir. Però el Klaus s'ho va mirar tot amb ulls de foraster, va dir que li encantaven l'església, tan gran per a un poble tan petit, els carrerons, els arbres mig secs i torts de la plaça. El Lin, que era la primera vegada que sortia de Taiwan, va dir que tot li semblava d'allò més exòtic, i el Klaus i jo ens vam petar de riure.

Vaig preguntar com s'havien conegut i el Klaus va comentar que, tot i que li agradaria poder dir el contrari, no havia estat amor a primera vista. El Lin anava sempre a la botiga a comprar el sopar, sempre a la mateixa hora, sempre els mateixos fideus fastigosos de marisc, va confessar rient, sacsejant els cabells i la polsera amb la pedra verda com un cascavell, i el Lin deia amb timidesa que li agradava la rutina. Després la rutina va convertir-se en esperar-lo a la taula metàl·lica de davant de la botiga i menjar-se els fideus allà mateix per molestar el Klaus, que sabia que no suportava que li fes petons amb aquell gust de marisc en pols a la boca.

A la residència, quan tots dos acabàvem d'arribar a la ciutat, el Klaus compartia habitació amb un austríac de pares turcs i jo amb una belga a qui odiava perquè li feien pudor els peus i feia soroll quan mastegava.

Un dia el Klaus va passar porta per porta per veure si algú podia ajudar-lo a cobrir el sostre de la seva habitació amb cinta americana. Se li havia colat una rata a l'habitació, l'havia vist obrir els plafons del sostre i mirar-lo mentre es rentava les dents.

La rata tenia uns ulls brillants de gat i es llepava els bigotis. El Klaus es va quedar rígid i durant uns segons no es va moure i va mirar-se-la a través del mirall fins que l'animal va tornar a tancar el plafó amb delicadesa.

Vam deixar el sostre del lavabo per al final. Va ser aquí, em va dir amb por a la veu. Em va explicar que no havia dormit en tota la nit i que l'endemà es va trobar el calaix de l'escriptori obert i unes galetes que hi tenia rosegades. Només de pensar en la rata passejant per l'habitació com si fos seva el feia posar malalt. Vaig suggerir-li donar una ullada al sostre abans de segellar-lo amb la cinta, per si de cas.

—Per si de cas què? —em va preguntar amb un fil de veu, però jo ja m'havia enfilat en una cadira i li demanava que l'aguantés per no caure. Vaig treure el plafó i un núvol de pols ens va fer tossir. Al Klaus els cabells se li havien tornat grisos.

—Si veus que la rata se'm menja la cara truca a la policia —li vaig dir rient, i el Klaus em va fer que sí molt seriós. Abans de ficar el cap pel sostre, l'últim que vaig veure van ser els seus ulls, grossos, tristos, com adorant un déu oblidat, amb una mà alçada que m'allargava la llanterna.

Primer no vaig veure res. Més pols, cables rosegats, cagarades i en un racó, apilonat amb cura, un altar de tresors; plomes, ossos minúsculs i una joia, una pedra polida i brillant amb un forat al mig. Vaig agafar-la abans de tornar a posar el plafó al seu lloc i de segellar-lo amb la cinta. Vam rentar la pedra, que va resultar que no era res més que una pedra normal, de color verd, una roda de molí en miniatura, i li vaig dir al Klaus que era el pagament de la rata per la seva hospitalitat. Va riure i l'endemà el vaig veure que passejava pel campus amb la pedra lligada al canell amb un tros de cordill, i així ens vam fer amics.

El xinès, com un animal tímid, em tornava a poc a poc. Se'm passejava per la llengua, que pujava i baixava amb els tons de les paraules, cada frase una cançó que creia oblidada. Per practicar, em vaig acostumar a demanar l'hora, a preguntar per carrers que no buscava, a menjar qualsevol cosa per conversar amb els paradistes més grans dels mercats nocturns, els que no parlaven anglès, i que en sentir-me de seguida obrien molt els ulls i les boques esdentegades en un somriure complagut.

Quan vaig tornar a l'hospital, la Johanna es va alegrar de veure'm.

—Abans venien molts amics seus, però a mesura que van passant els dies ja no venen tant —va dir, concentrada en un quadre de punt de creu amb una calèndula que feia a estones—. És normal, tothom té una vida, no volen passar-la asseguts a la butaca d'un hospital.

Vam estar-nos una estona sense dir res, escoltant les màquines endollades al Klaus. Cada hora, la infermera venia a comprovar com es trobava, apuntava coses en un dossier fent que sí amb el cap i abans de sortir ens somreia. A l'hora de sopar, quan em vaig acomiadar perquè s'acabava l'horari de visites, la Johanna em va preguntar quants dies em quedaria. Li vaig contestar que dues setmanes i que vindria cada dia.

Més endavant, quan ja sabíem que volíem quedar-nos a la ciutat i tots dos teníem vacances, jo de la universitat, on havia aconseguit una feina com a ajudant del professor d'espanyol, i el Klaus al FamilyMart, agafàvem el tren i passàvem el cap de setmana a Kenting, al sud de l'illa. Allà llogàvem uns escúters i passàvem la nit en un hotel amb bungalous molt barat, amb una piscina i el mar al davant. Si no vigilàvem i ens deixàvem el llum encès, quan el sol es ponia i començava a fer fresca el bungalou se'ns emplenava de llangardaixos de pam i d'aranyes que se'ns passejaven per les cames. Després dels ensurts dels primers dies, ens vam acostumar a dormir a la platja, on sempre feia vent, amb una lluna com un tros de llimona al cel.

Va ser en tornar d'un d'aquests caps de setmana que em va trucar la mare. Sortíem de l'estació carregats amb les bosses, les tovalloles plenes de sorra, la pell calenta i vermella pel sol. Vaig despenjar el telèfon sense pensar, podia notar la vergonya a la veu de la mare, que va sospirar per agafar forces i que em va demanar quan tornaria. Al carrer feia calor i plovisquejava, el cartell de neó groc d'un restaurant proper es va encendre, ja era gairebé l'hora de sopar, i es va superposar al soroll de la màquina de cafè dels pares, que devien estar preparant l'esmorzar. No els anava bé. La perruqueria cada dia tenia menys clients i el pare no trobava res. Els vaig oferir part del meu sou, que no era gaire, però la mare no va voler. Podia veure-la a l'altra banda del telèfon de la cuina, mirant per costum el rellotge de paret, al qual feia anys que ningú canviava les piles, sacsejant els rínxols rossos, vermells, castanys, qui sap si violetes després d'un últim intent de modernitzar la perruqueria.

Vaig tornar a l'hospital per veure'l. L'habitació feia pudor d'aigua estancada i de medicaments. Li vaig dir a la Johanna que anés a prendre alguna cosa, que descansés. Només va accedir-hi quan vaig insistir-li unes quantes vegades, després de tantes setmanes ficada allà dins estava pàl·lida. Li vaig proposar que anés a fer un volt, però em va dir que només faria un cafè ràpid, i la vaig sentir allunyar-se pel passadís amb passos d'autòmat.

Vaig obrir la finestra. L'aire de fora estava quiet i era calent i humit, pesava. Vaig pensar que si agafava una galleda potser podria entrar-ne una mica a l'habitació. Els edificis, apilonats contra el cel gris, tenien un llum vermell a les antenes que coronaven les terrasses. Al fons s'alçava la torre més alta de la ciutat, aquell dia els vidres eren de color cendra i no mirallejaven. La primera vegada que hi vam anar, en una sortida de la universitat, el Klaus i jo ens vam quedar mirant una de les boles daurades que ens havien explicat que protegien l'edifici dels terratrèmols. Deien que es gronxaven i així l'estabilitzaven, però encara que ens hi vam estar una bona estona no vam veure res, ni la tremolor més lleugera, semblava que la torre estava rígida, que no s'adaptava a la pulsació de la terra.

Vaig seure al costat del Klaus. En respirar, el llençol es movia amb suavitat, les mans tenien una lleu tremolor de dorment. Aquelles mans no semblaven seves. Ell, que sempre les tenia tenses, agafant un cigarret o una revista, amb durícies i les ungles rosegades. On eren les hores que havien passat aquelles mans collint hibiscos a la banda de la carretera a Kenting per posar-nos-els al cap, cargolant cigarrets a la terrassa de la residència, recolzades al manillar de la moto quan recorríem els carrers deserts perquè acabàvem de tornar d'Europa i no podíem dormir pel jet-lag? Una vegada el Klaus s'havia tallat el palmell obrint una nou amb un ganivet i havíem hagut de venir a aquest mateix hospital perquè l'hi cosissin. Li vaig agafar la mà amb compte i li vaig resseguir la cicatriu que li travessava el palmell, blanca i setinada com el fil d'un vestit de núvia.

Quan no m'estava a l'hospital passejava. Només tornava a l'hotel quan ja no podia més i em deixava caure, esgotada, al llit. Llavors continuava somiant que caminava, però acompanyada pel fantasma del Klaus, que flotava al meu costat. Parlàvem com abans i de les coses d'abans. Havia estat el guardià que custodiava la nostra joventut fins que ja no va poder més i va sucumbir al temps.

Els dies s'ajuntaven amb el passat i semblava que no havia tornat mai al poble, que mai havia deixat la meva vida a Taipei, que encara treballava a la universitat, que encara tenia vint-i-cinc anys. De vegades, passejant, anava a casa sense adonar-me'n, al petit apartament que tenia a Shida, just a sobre d'una botiga de verdures i al mateix carrer d'una llibreria de segona mà. Rere la porta enreixada de l'entrada havia penjat un paper amb forma de rombe amb el caràcter de fortuna al revés perquè em portés bona sort. M'hi vaig estar dos anys que me'n van semblar vint.

Si hi anava a parar sense voler, tornava en mi de sobte, quan m'adonava que era davant del pis i que el caràcter ja no hi era. Aleshores arrencava a córrer mirant a terra, avergonyida, i em ficava en un taxi perquè no havia aconseguit arribar mai a l'hotel caminant.

Quan em vaig mudar allà vaig fer una festa d'inauguració del pis amb el Klaus, i un sacerdot amic d'un amic va netejar l'apartament de mals esperits. Era catòlic i americà, em va explicar el Klaus, però ja faria el fet, perquè els fantasmes no tenen llengües ni creences. El sacerdot, que era un home alt, ros i amb la pell vermella com si sempre estigués de vacances, va passejar-se pel pis i va llançar aigua beneita a les portes mentre recitava una oració en xinès. Quan va acabar, el vaig convidar a quedar-se. Vam seure al voltant d'una taula baixa i vam prendre te i pastes fins que es va fer fosc i vam anar al KTV a cantar una estona. Tornant, el sacerdot va agafar el metro per tornar a casa seva, i jo i el Klaus, que encara no teníem son, ens vam aturar en un FamilyMart per comprar un parell d'ampolles de te. Al davant hi havia un parc. Feia olor d'asfalt i de terra molla perquè a la tarda havia plogut. Vam seure en un banc de pedra que, com tot a la ciutat, bullia per la calor.

El Klaus va fer un glop de te. Vam contemplar els fanals taronges del parc. Uns joves van entrar a la botiga i en van sortir amb ampolles de cervesa freda i amb bols fumejants de fideus instantanis. Van seure en una de les taules metàl·liques de davant de la botiga i van començar a menjar i a beure a crits, brindaven fent dringar les ampolles.

—Aquí sempre hi ha vida —va dir el Klaus.

Em va explicar que ell també havia demanat feina de professor a la universitat, però que al departament d'alemany no necessitaven ningú, i que s'estava plantejant demanar feina en una botiga com aquella, com feien els universitaris per pagar-se els estudis, mentre esperava que li sortís alguna cosa millor. A casa no l'esperava ningú més que la seva mare, que vivia en una granja lluny de tot arreu amb un munt d'abelles. Criava reines i venia mel als turistes i ell no ho suportava, les abelles eren per tot arreu encara que tenien els ruscos en un prat darrere de la casa. Quan tornava del poble, on sempre buscava feina a l'estiu per fugir del brunzit de màquina del prat, veia la seva mare lluny, vestida de blanc de cap a peus i amb una màscara negra, el saludava amb la mà i ell li tornava la salutació, i a la cuina trobava més abelles, l'extractor de mel, pots bruts i capgirats i restes enganxifoses de cera.

El Klaus va ajuntar els peus i va mirar-se les puntes de les sabates abraçant-se els genolls.

—No vull marxar, encara —va dir sense aixecar la vista, i va començar a caure una pluja fina que a poc a poc va anar agafant més força.

Ara que havia tornat, el temps i les vides de tots dos es confonien. Podíem agafar els dies i posar-los en una cistella com si fossin pomes, comptar-los, desordenats, sense saber si teníem trenta-cinc o vint-i-cinc anys, si havíem marxat o si ens havíem quedat. Potser era jo qui dormia en un llit a l'hospital, potser era el Klaus qui em vetllava i m'agafava la mà, qui em resseguia amb els dits una cicatriu que ja no era seva, potser era ell qui esperava que jo obrís els ulls.

A l'estiu era impossible anar enlloc. La calor s'enganxava a l'asfalt i s'elevava amb lluentor de miratge. Si plovia o el cel estava ennuvolat, la xafogor ens empenyia a posar l'aire condicionat al màxim i estirar-nos al terra de l'apartament. Si era temporada de tifons, sortíem a fer una volta protegits amb l'impermeable. La primera vegada que ho havíem fet encara vivíem a la residència de la universitat, i ens vam trobar a l'entrada per casualitat.

Uns dies abans, a classe havien penjat un avís en xinès i en anglès dient que començava la temporada de tifons i quins dies es cancel·larien les classes per mal temps. Ens van insistir molt que no sortíssim, que era perillós, que el vent tombava arbres i arrencava branques i que feia dos anys un motorista havia mort calcinat per un cable elèctric a la sortida del túnel de Xinhai, i que es deia que ara s'apareixia allà les nits de tempesta amb la cara tota negra per les cremades.

Però l'habitació em pesava, la belga s'havia tret les sabates i menjava galetes d'una capsa metàl·lica. Les engrunes queien a terra i la pluja queia a fora amb tanta força que semblava que es volia endur les bicis de l'aparcament.

En sortir de l'ascensor em vaig trobar el Klaus, portava un ponxo impermeable groc a les mans. Jo ja m'havia posat el meu, el porter ens mirava com a tots els estrangers, dissimuladament per no haver de parlar amb nosaltres.

—No deus estar fugint de la rata, oi? —li vaig preguntar, i ell es va posar a riure.

Em va explicar que per sort no havia tornat, encara que per si de cas ja no guardava menjar a l'habitació.

—Ara em menjo les galetes al parc, amb els coloms. —El Klaus va quedar-se mirant el vent que udolava a fora.

—Me'n vaig a fer una volta per veure el tifó —li vaig dir—. Vens?

Va fer que sí i vam sortir. El vent ens va tapar les orelles, rugia i bufava tan fort que costava respirar. Entomàvem la pluja com si fos una onada i l'impermeable no servia de res. Vam sortir del pati de la residència i un cop més fort de vent ens va fer caure a terra i ens vam petar de riure.

Amb aquell mal temps només estaven obertes les botigues vint-i-quatre hores, amb els dependents que s'ho miraven tot amb els ulls avorrits de qui està acostumat a contemplar el desastre. En canvi, nosaltres rèiem com si tinguéssim quinze anys i el món fos nostre. Ens aixoplugàvem als portals amb els impermeables esquinçats pel vent i la pluja i les vambes xopes. En un carrer porticat vam haver d'aturar-nos en cada columna perquè el vent no ens deixava avançar fins que finalment ens vam refugiar en un fotomaton, on ens vam fer una foto de record abans de tornar a la residència deixant-nos portar per la tempesta com dues gavines cap a terra.

Tornar al poble va ser com si no hagués marxat mai. El temps nou es va solapar amb el temps d'abans, que m'havia esperat, tossut, una vida ordenada que s'entestava a ignorar que jo havia canviat. Vaig buscar una feina segura, mal pagada com totes, i em llevava cada dia a la mateixa hora. Anava a veure els pares cada tarda i de vegades quedava amb amics d'abans, que s'havien dedicat a tenir fills i a hipotecar-se i a anar de vacances a Blanes, i que parlaven de política i d'activitats extraescolars.

De vegades el Klaus m'enviava alguna postal o em feia alguna videotrucada. Havia deixat de treballar al FamilyMart perquè el Lin li havia aconseguit feina. Feia d'intèrpret per a un conglomerat d'empreses taiwaneses, portava pantalons de vestir i camisa i es recollia els cabells color de mel en una cua polida, encara que a través de la pantalla li seguia veient les mans de sempre, amb el braçalet de la pedra verda al canell i les ungles rosegades. M'hauria agradat veure aparèixer una altra jo a la pantalla, una doble que em saludés i em digués que tot li anava molt bé, que ja era professora titular i que a més cantava a la coral de la universitat.

Amb el temps les videotrucades i els missatges i les postals es van acabar i vaig començar a mirar-me els anys a Taipei com si els hagués viscut una altra persona. Quan vaig rebre aquell correu del Klaus en què em convidava a visitar-lo, me'l vaig rellegir moltes vegades fins que finalment el vaig esborrar.

Ara que havia tornat a la ciutat, aquell temps també m'havia esperat; havia guardat aquella versió meva més jove i me la mostrava. Em semblava que les onades del temps no em bressolaven en la immensitat del mar, sinó que em dirigien cap endavant; sabia que trencarien i moririen en una pluja d'escuma contra la sorra fina de la platja o contra les roques esmolades de l'espigó.

Després de tants dies a l'hospital havia après a distingir les petites variacions del Klaus, com movia els llavis quan entrava l'infermer a canviar-li el catèter, com, si li agafava la mà, notava tics minúsculs als dits com en alfabet Morse. Suposàvem que li agradaven els massatges perquè sospirava mentre li'n feien, i crèiem que odiava que el moguessin perquè una vegada, canviant-lo de posició, es va tirar un pet tan fort que ens va fer fer un bot de la cadira. Les infermeres es van posar una mà al pit per l'ensurt, creien que havia rebentat una bombona d'oxigen, i va ser l'única vegada que vaig veure riure a cor què vols la Johanna, que va dir que els pets alemanys tenien tanta força i eren tan pudents que podien tornar els corbs de color blanc.

Vaig comprar una targeta de telèfon i vaig trucar a la mare des de l'hotel. Em va preguntar com estava el meu amic, com si no en sabés el nom. Que quan tornaria a casa, que si necessitava que em passessin a buscar per l'aeroport, que quants dies de vacances em quedaven de la feina, que si l'hotel estava bé, que si havia pogut tornar a veure la ciutat o algun altre amic. Li vaig dir que no em quedava saldo i vaig penjar.

Un matí vaig anar a veure el Klaus després de passejar durant tota la nit. Havia trobat, amagat rere uns blocs de pisos, el turó on de vegades anàvem d'excursió. Encara que era al mig de la ciutat, envoltat d'edificis, tan bon punt entràvem al bosc el brogit de Taipei s'apagava, i no el tornàvem a sentir fins que no emergíem al cim, després de pujar un munt d'escales de fusta.

Al final del camí vaig trobar un temple que no recordava. Faltava poc perquè es fes de dia, l'hora grisa en què es troben els matinadors i els que encara no han anat a dormir. Els cuidadors del temple encenien barres d'encens i un eixam de fidels esperava la sortida del sol contemplant la ciutat asseguts en bancs o a terra. Un raig de sol va fer refulgir la punta de la torre més alta de la ciutat, que des d'allà es veia immensa, una agulla que havia caigut del cel.

Una àvia amb una berruga peluda al front va seure al meu costat i em va preguntar d'on era i on anava, mentre m'oferia una fruita amarga amb forma d'estrella. L'hi vaig explicar tot en xinès.

Vaig seure al costat del Klaus després de tornar del temple. L'àvia amb qui havia estat parlant m'havia donat una altra fruita estrella i em va convèncer perquè li comprés un amulet. L'amulet havia de ser el regal d'algú estimat perquè funcionés, protegia els viatgers, sobretot aquells que estaven de pas en terra de ningú.

—No has arribat aquí per casualitat —va dir—, els déus t'hi han fet arribar.

Li vaig explicar que ja coneixia la muntanya, que feia anys hi acostumava a venir amb el Klaus.

—Que hi pugueu tornar junts ben aviat, doncs —va dir rient, posant-me l'amulet a la mà i empenyent-me perquè marxés.

L'amulet em cremava a la butxaca, però no volia donar-l'hi davant de la Johanna. No sabia si se sentiria ofesa per aquesta mena de supersticions. El Klaus seguia com sempre, els ulls tancats, aquell somriure tan seu i les mans d'algú altre. Cada dia quedava menys per marxar i no podia fer-hi res. L'habitació s'havia convertit en una mena de llar, hi havia el punt de creu de la seva mare, les meves revistes, una llauna de cafè que no m'havia recordat de llençar. Tant de bo pogués separar el cos de l'ànima, vaig pensar palpant la roba vellutada de l'amulet, enviaria la closca amb els pares i la meva consciència es quedaria aquí esperant.

Una tarda, quan sortia de l'hospital, em vaig trobar amb el Lin al parc del davant. Normalment s'esperava allà perquè preferia no veure la Johanna.

El dia de l'accident anaven junts. El Lin conduïa la moto, feia calor, una xafogor horrible que escalfava la carretera. Feia poc que havia plogut, un taxi va perdre el control i els va atropellar. El Lin recordava haver-se despertat a l'hospital amb el braç trencat, el cos ple de blaus i talls, el cap amb un dolor que no li deixava obrir els ulls. Li van dir què havia passat amb el Klaus, que encara era a l'UCI. Al cap d'uns dies, la Johanna el va anar a veure. Va intentar fer-se l'adormit, però les llàgrimes el van delatar. Ella, que fins aleshores se l'havia mirat dreta al final del llit com al final del món, va marxar de l'habitació sense dir res.

El Lin em va preguntar si tornava a l'hotel, si podia acompanyar-lo una estona a casa. Li vaig dir que sí, encara que em feia por retrobar-me amb un Klaus desconegut que ja no respongués a la idea que tenia d'ell, de nosaltres.

Vivien en un pis petit, molt amunt, en un dels carrers principals de Da'an. El Lin em va preguntar si coneixia el barri, li vaig dir que sí, que havia viscut a prop, encara que tenia un record borrós d'aquella zona, només de passar-hi camí d'altres llocs en moto o en taxi, sense arribar a aturar-m'hi.

—Da'an no és gaire tranquil, encara que vulgui dir 'gran pau' —em va dir rient mentre obria la porta. L'olor del pis em va recordar l'habitació del Klaus a la residència, de tabac i desodorant, barrejat amb l'olor d'una altra persona i de roba molla. Hi havia un estenedor al mig de la sala d'estar. El Lin es va disculpar i se'l va emportar cap al dormitori, amb aquella humitat la roba no s'eixugava mai. Després va obrir la finestra perquè la casa s'airegés i em va oferir un te.

El Klaus era a tot arreu. Vam seure a terra, sobre una catifa de goma escuma amb forma de puzle, com les que fan servir els nens per jugar.

—Una herència de l'habitació del Klaus a la residència —va dir el Lin quan va veure que hi passava la mà per sobre.

—La recordo, l'havíem comprat junts en una botiga que hi havia a prop. Aquell dia plovia i el Klaus tenia por que tornant la catifa xuclés l'aigua i es fes malbé.

—Sempre tenia por de tot —el Lin va somriure—, menys dels tifons, els tifons li agradaven.

Que fes servir el verb en passat em va entristir. Vam quedar-nos callats una estona, passejant la vista per les parets, buscant més records que poguéssim identificar. Hi havia una barreja estranya de coses de pis d'estudiants i de persona gran. La tauleta del centre era bona, de marbre i amb les potes metàl·liques, i destacava contra la catifa de goma escuma, tan tronada i infantil. Sobre un sofà que semblava de pell hi havia un mocador gran amb un elefant blanc que el Klaus havia comprat a uns *hippies* a San Francisco, i a les parets, quadres prefabricats, d'aquells que es venen als centres comercials, i un suro amb fotos enganxades amb xinxetes.

—Aquí hi surts tu, també —va dir el Lin quan va veure que em mirava el suro. Ens vam aixecar i va assenyalar una foto, mig amagada per les altres, la que ens vam fer al fotomaton el dia del tifó. Sortíem amb la boca oberta, rient, amb les caputxes posades i enganxades al front, el Klaus una mica més endavant, tapant-me part del cap, el canell amb el braçalet de la pedra verda a la vista mentre es posava bé la caputxa; ens vam haver d'encabir com vam poder a la cabina mentre la pluja retronava a la cortina i ens deixava gairebé tan xops com si haguéssim estat a fora.

—No has canviat gens. Te la vols endur?

Vaig fer que no amb el cap i vam tornar a la tauleta en silenci. El Lin va deixar la foto al mig de tots dos. La nostra joventut, amb una frescor de pluja, ens somreia sorneguera des del passat.

—Encara parlava molt de tu.

—Fa dos anys que em va escriure i no li vaig contestar —vaig dir-li acotant el cap. El te tenia color de vi, tremolava sobre el pòsit del fons, partícules de fulles hi flotaven.

—No passa res. —El Lin em va estrènyer la mà.— No passa res.

Va començar a ploure. Algunes gotes van caure dins el pis. El Lin va ficar la foto en un sobre vermell, d'aquells que es fan servir per regalar diners per any nou, i me'l va donar.

—L'hi tornaré quan es desperti —vaig dir somrient amb tristesa, i el Lin també va somriure.

La meva vida a l'altra banda del món em tibava cap al poble, llesta per atrapar-me com una abella en ambre. La mare trucava a l'hotel, jo no agafava el telèfon.

El dia abans de marxar l'aire estava quiet i espès. No havia plogut gens en tot el dia i es podia notar la tempesta a l'aire, espurnes elèctriques de tensió. Vaig sentir trons que rodolaven pel cel, a la llunyania.

La Johanna havia encès la tele de l'habitació i se la mirava atentament. Hi apareixien un mapa de l'illa i palmeres agitades pel vent.

—Diu la infermera que s'acosta un tifó —va dir, i em va preguntar si n'havia viscut mai cap.

Li vaig ensenyar la foto, que ara portava sempre a sobre i dins del sobre vermell. Encara em sorprenia que haguéssim estat tan joves.

La Johanna va somriure i em va preguntar d'on l'havia tret. Li vaig dir que del Lin i va deixar de somriure.

—El Klaus no m'explica mai res —va dir mirant-se'l amb retret—. Conec els noms que més repetia dels seus amics, o per les cartes que rebia. Li agradava molt escriure cartes, quan era petit fins i tot n'enviava a desconeguts amb noms que li feien gràcia que trobava a la guia telefònica. Vivim una mica aïllats.

Vaig fer que sí amb el cap i li vaig preguntar com es trobaven les abelles. Va riure. Estaven bé, tenien un lloc per viure prou segur i a ella li agradava tapar-se de cap a peus, abaixar-se la protecció sobre la cara, endinsar-se en el brunzit de l'eixam, retirar els ruscos i veure'ls plens de vida. Però al Klaus no li agradaven gens. Li feien por. Un estiu el va vestir d'apicultor, ell no devia recordar-se'n perquè era molt petit, i tots dos van anar cap als ruscos amb passos vacil·lants d'astronauta. Li va dir que s'imaginés que portava un escafandre i que es ficava dins del mar, però quan les abelles van començar a envoltar-los, encuriosides, i se'ls van parar sobre el vestit i la cara, el Klaus va començar a cridar i va arrencar a córrer i no va aturar-se fins que es va tancar al lavabo i la Johanna va assegurar-li que no quedava ni una sola abella que li pogués fer mal.

A fora el vent i la pluja picaven als vidres. El Klaus va moure un dit. Ens el vam mirar, però, com sempre, no va passar res.

—Deu estar inquiet pel tifó —va dir la Johanna.

Jo recordava com havíem volat aquell dia, com el Klaus, arrossegat pel vent, es moria de riure.

Em vaig acostar a la finestra. No es veia res de fora, només el reflex de l'habitació, els llums vermells dels monitors, la Johanna mirant-se el Klaus, que dormia amb els palmells cap amunt, les nostres coses escampades.

Els trons sonaven just a sobre nostre, com si el Klaus els hagués convocat amb els seus poders de dorment, i llavors se'n va anar la llum.

Durant uns segons tot va estar tranquil. Vaig veure que a fora també estava tot a les fosques. Només es començaven a veure, entre la pluja, al carrer i a les finestres dels edificis, punts de llum.

Al passadís se sentien corredisses, crits que demanaven calma.

—He decidit que me l'enduré a casa —va dir la Johanna.

El Klaus a la vora del mar, portant la moto, cargolant un cigarret, prenent una cervesa, mossegantse les ungles. Sempre li deia que no ho fes o tindria mans de vell abans de fer els trenta i ell reia i deia que no es faria mai vell.

No te l'emportis, voldria haver dit a la Johanna, però en comptes de fer-ho li vaig preguntar per què, i ella em va contestar que almenys seria a casa, i jo vaig pensar que Taipei era casa seva. Taipei amb la seva calor, la seva xafogor insuportable, els mercats nocturns que tant li agradaven, la vida al carrer. Despertar-se a les tres i anar a fer una volta en moto, comprar un te al FamilyMart. Pujar les escales de la residència o del pis de Da'an i contemplar la ciutat, la torre com una agulla caiguda del cel. El temps viscut com ell volia. Vaig estrènyer l'amulet que portava a la butxaca.

Em vaig acostar al Klaus. No podria haver passat més d'un minut o dos des que se n'havia anat la llum, però semblava que sempre haguéssim viscut a les fosques. Vaig pensar en els altres pacients, els que es despertarien perquè el respirador havia deixat de funcionar, els que no es despertarien perquè el cirurgià ja no s'hi veia. Li vaig posar l'amulet a la mà oberta, sobre la cicatriu del palmell. La va tancar amb força, un gest mecànic i inconscient d'un altre temps.

Vaig demanar al Lin que em portés al túnel. Al principi no va voler, des de l'accident que l'evitava, però quan sortia de l'hotel per agafar un taxi, el vaig trobar que m'esperava amb la moto.

—Puja —va dir, i va arrencar.

El vaig agafar per la cintura. La moto corria rabent, esquivàvem els altres motoristes, els taxis, els vianants, i aviat vam ser a Xinhai, i el túnel, que travessava una muntanya, va obrir-se davant nostre com la boca d'un peix gegantí. En entrar se'm van tapar les orelles i em vaig girar, convençuda que el peix se'ns havia empassat, però encara es veia el cercle de llum de l'entrada. Els fluorescents del sostre, la velocitat, el món era un conducte de formigó negre i blanc, lent i ràpid, sorollós i callat.

Quan en vam sortir em vaig adonar que havia estat aguantant la respiració tota aquella estona. El Lin va aparcar a la vorera, una mica més enllà del túnel, i em va assenyalar on havia passat tot. «No vull acostar-m'hi més», em va dir, i es va recolzar a la moto amb els braços plegats.

Amb el Klaus sempre ens havíem quedat a l'altra banda del túnel, on la ciutat era més ciutat, no aquí, on hi havia més verd i no hi havia blocs de pisos, només muntanyes i la carretera que les travessava. Vaig evitar les restes del tifó del dia anterior, branques i pedres i sorra i plàstics, una caixa molla. La vorera s'acabava uns metres abans de l'entrada.

Les motos i els taxis sortien per la boca del túnel, em passaven pel costat i es perdien carretera enllà. La carretera era un riu i jo era a la riba, esperant.

DUES ILLES

I

Feia estona que havien passat la frontera i que resseguien la carretera, que anava fent revolts mandrosos entre prats tancats amb filats. Hi havia cavalls que pasturaven, taques marrons enmig de tant verd. La Lea va obrir la finestreta i va mirar-se el paisatge, li arribaven el vent i l'olor dels prats. Tot semblava acabat de pintar. Uns quants cavalls van arrencar a galopar, des d'on eren semblaven ponis, i seguien el cotxe com una onada en segueix una altra al mar. Llavors l'Anna va tancar la finestra pitjant un botó del quadre del cotxe.

—Tanco o l'aire condicionat s'escapa.

La mare, al seient del davant, es ventava amb una revista que havia comprat a la gasolinera on havien fet l'última parada. S'havia marejat quan havien deixat l'autopista i la frontera enrere i per això s'havien aturat una estona. La Lea s'havia comprat un refresc i havia anat al lavabo, quan va sortir les va veure davant de l'aparador de la premsa, encara que cap de les dues entenia el francès. L'Anna va decidir que compraria una revista de moda perquè la faria semblar més *chic*, i la Lea va pensar quant de temps feia que no sentia aquella paraula, que li recordava els vestits jaqueta amb quadres grisos de la mare, que cada dues setmanes anava a prendre el te amb les amigues vestida com si anés a treballar. Era l'únic caprici que es permetia, els deia aleshores mentre es mirava al mirall de l'entrada, preparant-se per sortir, i elles, que aleshores encara eren com dues gotes d'aigua, imitaven les seves postures i finalment li allargaven la bossa, un estoig rígid on guardava un mocador amb les seves inicials brodades i un moneder amb un bitllet plegat que la Lea no va veure que gastés mai.

—Un parell d'hores més i ja hi serem.

Encara que l'aire condicionat estava al màxim i que l'Anna, que agafava el volant amb força, tenia pell de gallina als braços, la mare seguia ventant-se i queixant-se de la calor. L'Anna, rient, li va dir que era pitjor que els seus fills, que no aguantaven ni dues hores tancats al cotxe. La mare no va dir res i va assenyalar un cartell de la carretera mentre en pronunciava el nom a poc a poc i malament. Llavors va posar-se a fullejar la revista i la va tornar a tancar, i els va explicar que mai havia sortit del país. Amb el pare havien anat de viatge de noces a Mallorca, a un hotel que havia estat del tiet, que els va rebre com si fossin reis. Els va donar una habitació amb vistes al mar i cada nit un violinista tocava a la seva taula i ells vinga menjar garotes... Hi van tornar l'any que l'Anna havia fet de protagonista al ballet de *La sireneta*, quan el tiet ja s'havia arruïnat i havia venut l'hotel a una cadena.

—Però, és clar, llavors ja no va ser el mateix.

La Lea, mig endormiscada, no acabava d'agafar el son. Sentir la mare era com caminar descalça sobre agulles de pi.

De sobte, la mare va cridar i l'Anna va clavar el peu al fre. La Lea es va incorporar fregant-se les cervicals. Potser sí que s'havia acabat adormint, perquè ara era gairebé fosc, fins i tot els llums del cotxe ja estaven encesos. Eren en una carretera envoltada de pollancres, plena de revolts, i hi havia un embalum gros i negre al davant. En frenar, el cotxe havia girat una mica i la llum dels fars ara enfocava el voral, amb la barrera de seguretat mig coberta d'herba. Les branques dels pollancres cobrien la carretera i s'entrellaçaven les unes amb les altres sota el cel. L'Anna va vacil·lar un moment i finalment va redreçar el cotxe. Els fars van il·luminar durant un moment dos caps majestuosos que se les van mirar amb indiferència abans de sortir galopant cap al bosc.

—Cérvols.

L'Anna va tornar a posar-se en marxa. La mare es va girar i va preguntar a la Lea si ja s'havia despertat.

Durant una bona estona, cap de les tres va dir res. Dins el cotxe era més fosc que a fora, on quedava una mica de llum blava. La Lea s'ofegava. Volia obrir la finestra, sentir els grills, el cotxe lliscant per la carretera. Una vegada, jugant amb l'Anna al parc de darrere de casa, on anaven els dissabtes a la tarda, van trobar un camí de formigues. Van seguir-lo, n'hi havia que portaven llavors, molles de pa i fins i tot alguna ploma entre moltes; d'altres, més grans, els franquejaven el pas obrint i tancant les mandíbules. «De prop semblen extraterrestres», li va dir a l'Anna quan van arribar a l'entrada del formiguer, una gruta de pols vermella que s'enfonsava a terra. Es van posar de bocaterrosa i van mirar-les una estona. Entraven i sortien del forat, les grans sempre protegint les petites, que anaven i venien per la seva carretera. Van posar una pedreta al mig del pas per veure què passava, després un pal, després una branca i més tard un caramel llepat sobre el qual les formigues es van llançar com llops i que van cobrir amb una massa negra i espessa.

Al balneari la recepcionista les va rebre amb un somriure de mitja tarda encara que ja era passada la mitjanit, va treure tres braçalets fúcsia que feien de clau i, de camí a les habitacions, els va anar indicant amb el braç i en anglès on eren el gimnàs, la sala de massatges, el bany de fang, la sauna sueca, el solàrium. A aquelles hores tot semblava abandonat. Les piscines tenien els llums apagats i els seus passos sonaven com els d'un fantasma sobre les catifes dels passadissos. Van girar moltes cantonades i van pujar dos trams d'escales abans d'arribar a les seves habitacions, tres portes contigües.

—Aquestes habitacions tenen la millor vista perquè donen a l'antic claustre. Ara hi tenim la piscina de talassoteràpia. La poden provar demà, si els ve de gust. I els hem preparat un paquet de benvinguda amb un barnús i sabatilles perquè se sentin com a casa.

L'Anna va respondre amb entusiasme i va preguntar a la recepcionista a quina hora se servia l'esmorzar. La mare va acostar-se a la finestra i va mirar-se la piscina. Després va contemplar l'habitació, d'un estil sorprenentment modern i amb la foto d'una dona somrient en barnús i amb un còctel a la mà sobre el capçal del llit.

—És un desgavell horripilant —va dir una vegada la recepcionista havia marxat.

L'Anna va riure.

—No s'assembla gaire a les fotos, oi? Però bé, l'important és que descansem.

—Has trucat al Carles per dir-li que hem arribat bé? —va dir la mare.

L'Anna va vacil·lar.

—Li he enviat un missatge.

—Molt bé. Anem a dormir.

La Lea i l'Anna van marxar a les seves habitacions.

Quan la Lea vivia a Bordeus, el pare l'havia visitat diverses vegades. Al principi venia amb la mare, però a ella no li havien agradat ni el pis d'estudiants, que li semblava que no tenia prou llum i que feia pudor de mantega, ni la ciutat, que trobava poc pràctica perquè tenia els carrers empedrats solcats per vies de tramvia. «Quan vinc pateixo per tu», acostumava a dir-li per telèfon, i la Lea li contestava que no calia que la visités, que amb el pare estarien molt bé, que no volia que patís.

De manera que el pare la visitava cada dos mesos, i passaven el cap de setmana al pis, passejant i comprant llibres de segona mà que després llegien en un parc o a la platja. Preparaven creps i mentre sopaven la Lea li parlava dels seus companys d'universitat, de què faria quan acabés, de com no volia tornar a casa.

L'habitació de la Lea era pràcticament igual que la de la mare, però amb la fotografia d'una nena menjant-se una poma. A la Lea de seguida li van molestar els ulls blaus i les cues rosses. Quantes nenes havia vist així al llarg de la seva vida. Per començar, la nena que feia la guitza a la seva germana quan eren petites. I l'Anna també havia estat una mica així, rossa no, però maca, prima. La mare les havia fet vestir igual fins que va ser evident que físicament no s'assemblarien gens. A mesura que anaven fent-se diferents, l'Anna, esvelta, somrient; ella, tova i amb la carn pàl·lida com un malalt, sentia que es diluïa.

Abans d'això no només era que la mare les fes vestir igual. Anaven a la mateixa escola, feien les mateixes extraescolars (ballet i anglès), tornaven juntes a casa, s'explicaven secrets abans d'anar a dormir. Es miraven l'una a l'altra com qui es mira al mirall. Una nit l'Anna li va confessar que hi havia una nena a l'escola que li estirava els cabells i la Lea va tenir una idea. Quan els pares els van fer el petó de bona nit, van canviar-se de llit i es van llevar sent l'altra.

L'endemà es van desitjar sort a la porta de l'escola, després de petar-se de riure durant tot el camí per haver aconseguit enganyar la mare a l'hora d'esmorzar, i es van dirigir cadascuna a la classe de l'altra. Ser l'Anna no era difícil, va pensar la Lea. Només havia d'estar atenta de contestar quan la cridessin pel nom i somriure molt.

Quan va arribar a l'aula les amigues de la seva germana van venir a saludar-la i a ensenyar-li les fotos que havien retallat d'una revista, un munt de paisatges de ciutats i ruïnes antigues. Egipte, Mesopotàmia, piràmides asteques: «Hi anirem quan siguem grans», deien rient. La Lea, sorpresa, va preguntar d'on les havien tret. Les amigues es van mirar amb els ulls molt oberts. «Si va ser idea teva», li van dir. «Com pot ser que no ho sàpigues?». Amb l'excusa de fer un treball per a l'escola havien buscat agències de viatges al barri i se n'havien endut un munt de fullets. Ara es dedicaven a buscar revistes de viatges pels consultoris del dentista, l'oculista o la perruqueria.

El mestre va entrar i les va fer callar i seure. A la tapa del pupitre de l'Anna, al voltant de l'horari, hi havia més retalls. A partir d'aleshores, París li feia pensar en les matemàtiques; Londres, en física, i Moscou, en llengua i literatura catalanes.

L'endemà, quan es va llevar i va baixar al menjador, era tard i la mare i l'Anna ja havien esmorzat.

—Hem trucat un parell de vegades, com que no obries t'hem deixat descansar —va dir l'Anna amb un somriure. La mare, que ja portava el barnús però que anava impecablement maquillada, va dir que havien de marxar o farien tard al massatge amb pedres calentes que havien encarregat.

La Lea va demanar un cafè, però no l'hi van voler servir, entre l'hora d'esmorzar, de dinar i de sopar el menjador no s'utilitzava, havia d'anar a la cafeteria de la part del darrere de l'edifici o demanar servei d'habitacions.

Es va perdre un parell de vegades. L'edifici semblava viu, créixer i escurçar-se a voluntat. A la part més antiga, la que havia estat un monestir, hi havien anat afegint més i més sales fins a convertir-lo en un laberint que s'estenia amunt, on hi havia les habitacions; a la planta baixa, amb les piscines a l'aire lliure i sales de massatge, saunes i altres tractaments, i a baix, on hi havia les piscines cobertes i els circuits geotermals. De vegades sentia música relaxant rere les portes tancades o li arribava una olor desagradable d'algues i oli calent. Va recórrer els passadissos amb un mapa que li havien donat al menjador, i li va semblar que apareixeria a l'altra banda del món.

La cafeteria tenia un estil rústic modern, d'aquells que volen fer semblar vell el que no ho és. No hi havia gaire gent, només uns quants clients que prenien batuts i te. Va demanar un cafè amb llet. Ni el cafè ni la llet eren bons, no tenien gust de res, encara que l'hi van servir en una tassa transparent i una gerreta, i amb una capseta de fusta plena de sucre moreno, mel, estèvia i sacarina.

Va enviar un missatge a la seva germana dient-los on era. No li va contestar, no devia haver agafat el mòbil. «Una setmana de desconnexió total», va pensar fent una ganyota. Al cap d'una setmana seria a casa. Es va acostar una cadira i hi va recolzar les cames. Tenia el bosc davant seu. Sentia fragments de converses en francès esquitxats de *spa*, *smoothie*, *relax*.

La mare, un far; el pare, a la badia fonda com una abraçada. L'Anna i la Lea a l'escullera, agafades de la mà, sense saber si avançar o recular.

Aquella vegada que s'havien fet passar l'una per l'altra no va anar bé. A l'hora del pati, la Lea va veure l'ombra de la nena que emprenyava l'Anna a la paret on s'havia posat per jugar a fet i amagar. Va saber que era ella perquè sempre portava dues cues, la seva ombra podia haver estat la de Medusa. Se li van posar els pèls de punta i va sentir que les mans i les cames li tremolaven. «Que tremoles?», li va dir la nena, «covarda de merda». Llavors la Lea es va girar, li va agafar el cap amb les dues mans i l'hi va clavar contra el mur. La paret tenia un gotejat de ciment que punxava. Va refregar-lo per la paret amb totes les seves forces, la nena cridava i al ciment va quedar un rastre vermell.

Quan es va assabentar del que havia passat, la mare va perdonar l'Anna, que s'hi va abraçar plorant i dient que no havia estat idea seva. Quan va arribar el pare, a qui la mare va trucar desesperada a la feina, va preguntar a la Lea per què ho havia fet.

—Per defensar-la —va contestar ella.

El pare va somriure i li va dir que llavors havia fet molt bé.

El bosc que tenia al davant era força espès, amb una entrada de faigs, el terra puntejat de flors violetes i un camí que es perdia entre els arbres. Potser també hi havia baobabs, eucaliptus o bananers, arbres d'altres latituds poblant un bosc atlàntic, potser hi havien anat afegint arbres com havien anat afegint sales a l'edifici. Llavors va sentir darrere seu la mare i l'Anna, que reien i van seure a la seva taula amb un batut a la mà cadascuna.

—Ets aquí! T'hem estat buscant per tot arreu. —El batut de l'Anna era rosa i estava coronat de gerds i escuma.

La mare va seure entre totes dues i va xarrupar una mica el seu, de color groc i amb una rodanxa de pinya clavada a la vora.

—Volem fer el circuit geotermal, però la recepcionista d'avui no parla anglès i no ens en sortim.

—Vinga, anem-hi totes tres —va continuar l'Anna—. Hem vingut fins aquí per estar juntes, no?

El circuit geotermal estava reservat tota la tarda, de manera que es van haver de conformar a passar una estona a la sauna i més tard, al jacuzzi. Després de dinar, la Lea va pujar a l'habitació a posar-se el banyador. La nena de les cues la mirava des de la paret amb la seva poma i el seu somriure de dents perfectament desordenades, com havia fet la Medusa que va conèixer quan era petita. No es va mirar al mirall, sentia que aquella nena ja se n'havia rigut prou, i abans de sortir va despenjar el quadre i el va deixar de cara a la paret.

Va entrar a la sauna i l'Anna i la mare ja hi eren. La mare es ventava amb una mà com si intentés dissipar la boirina que hi havia.

—No sé quina gràcia té passar tanta calor.

—Ja veuràs que bé després, mama. Ens dutxarem amb aigua fresqueta i ens prendrem un altre *smoothie* d'aquells tan bons.

La Lea va seure al seu costat. S'havia embolicat amb una tovallola, però va haver de deixar-la al banc per poder seure-hi al damunt. La mare es va mirar el banyador que portava. Era d'una peça, negre. Ella i l'Anna, en canvi, anaven amb biquinis de fulles selvàtiques i flors.

—Sembla que siguem a la selva —va riure l'Anna—. Just abans que vinguessis fèiem broma que potser apareixeria algun goril·la. No passava tanta calor des d'aquella vegada que vam anar al pantà...

L'Anna va preguntar-los si recordaven aquella excursió. Hi havien anat en cotxe i conduïa la mare. El pare treballava. A la mare li havia agafat un rampell i van conduir tot el dia fins que van arribar a un lloc que semblava un desert. L'Anna no recordava com es deia. Totes tres havien resseguit un camí pedregós i envoltat de cactus. Uns cactus grossos, tan grossos que de vegades es torçaven pel pes de les figues de moro. La terra era dura i estava esquerdada i el sol queia de ple. La mare els havia explicat que feia uns anys havia estat un lloc preciós. Van caminar molta estona fins que van arribar a un embassament sec, polsegós i gairebé buit. Al centre hi havia un poble en ruïnes. Ara, com que al pantà no hi havia prou aigua, hi emergien les parets de les cases, mig ensorrades, i el campanar. La mare les va deixar voltar al seu gust, i no va dir res quan es van embrutar i es van mullar fins als genolls, jugant a atrapar salamandres entre les parets i els carrers plens de verdet i els bassals amb pudor d'alga. A la nit havien dormit en un hotel de carretera i l'endemà havien tornat a casa.

—No va ser un rampell —va dir la mare—, i el pare tampoc estava treballant. Va ser la primera vegada que va marxar de casa i us volia distreure.

L'Anna va abaixar la vista per treure un fil que s'escapava de la tovallola on s'havia assegut. La mare se la mirava de fit a fit i va obrir la boca per continuar. Llavors algú va entrar a la sauna i la mare va callar. No es podia parlar de certes coses davant de desconeguts, i de certs coneguts, tampoc.

II

Van pujar a canviar-se i a descansar una mica abans de sopar. La Lea repassava, mandrosa, els canals de la tele. Després del jacuzzi se sentia més cansada que mai i es va quedar adormida mirant un capítol en alemany d'una sèrie policíaca. Un crit la va despertar i primer va pensar que devia ser cosa de la tele, on hi havia gent disparant-se des de darrere dels cotxes. Va sortir, encara mig adormida, i es va trobar l'Anna al passadís, davant de la porta de l'habitació de la mare.

La mare va obrir la porta tota plorosa i els va ensenyar la banyera. En estirar la cadena del tap del desguàs havia aparegut una pilota de pèls gran com un ratolí. Quan la Lea va alçar el manyoc i el va llençar a la paperera, la mare va enfonsar la cara al pit de l'Anna, que intentava calmar-la fregant-li l'esquena, mentre sospirava que no suportava haver dormit allà, i que si tenien el bany de les habitacions així, no volia saber com tindrien la resta del balneari. La Lea va deixar anar el pedal de la paperera, que es va tancar amb un cop sec, i es va rentar les mans fent una ganyota de fàstic. Després va trucar a recepció.

—Els ho has explicat tot? —La Lea va fer que sí, no li va dir que havia estat més educada del que hauria estat la seva mare.— No poden ser meus. Són rossos!

De seguida que va arribar el personal, una noia

amb una camisa blanca i una placa a la solapa, la mare va tornar a enfonsar la cara al pit de l'Anna i es va negar a mirar cap a la banyera. La Lea ho va tornar a explicar tot, li va ensenyar el cos del delicte a la paperera. La noia anava fent que sí i al final es va acostar a la mare, li va dir «Je suis désolée» i li va oferir una habitació nova que fos més del seu gust. La mare va dir que sí amb un posat altiu, i li va etzibar que esperava que aquella situació tan desagradable no es repetís. La Lea no es va molestar a traduir-ho i simplement va donar les gràcies a la noia. Llavors la mare va agafar les maletes, que feia estona que havia preparat, i amb un posat digne, encara amb les llàgrimes ennegrides pel rímel que li marcaven les galtes, va sortir de l'habitació sense mirar enrere.

—La mare no ve al bany d'algues perquè té l'estómac regirat —li va dir l'Anna quan la va passar a buscar per l'habitació. La Lea no va poder evitar deixar anar una riallada que va sobresaltar la seva germana, que també es va posar a riure—. És un cas com un cabàs, oi?

L'Anna la va portar per un laberint de passadissos i no va treure el mapa ni es va perdre ni una sola vegada. La Lea li envejava aquesta capacitat, que li permetia seguir el camí que s'havia marcat sense vacil·lar. Per fi van entrar en uns vestidors on van penjar els barnussos. Darrere del vestidor hi havia una sala molt gran, plena de banyeres. Tres estaven plenes d'una substància verdosa i espessa.

—Quin fàstic.

L'Anna va riure:

—És fang amb algues. Va de meravella per a la pell.

Una cambrera els va portar uns còctels amb suc de taronja i xampany. La Lea va aprofitar per dir-li que la seva mare no vindria assenyalant la banyera buida. La cambrera es va retirar i les dues germanes es van ficar cadascuna en una banyera. Dins s'hi estava bé, calent, però el fang pesava com una manta. La Lea va deixar les mans a fora, li feia l'efecte que si no s'hi quedaria atrapada, i l'Anna s'hi va ficar sencera, fins a la barbeta, després d'haver-se begut el còctel gairebé d'un glop.

Durant una bona estona no van dir res. Se sentia un fil musical, el mateix que sonava per tot l'hotel, i els sorolls de lava de la banyera buida. La Lea va intentar relaxar-se, però el fang l'aixafava i no podia respirar bé.

—Que relaxant. —L'Anna va sospirar.— Em sap greu dir-ho, però que bé que s'està sense els nens.

La Lea li va preguntar com estaven. L'Anna va badallar i va tancar els ulls.

—Estan bé, com sempre. —Va treure una mà de la banyera i es va apartar un ble de cabells de davant dels ulls. Al front li va quedar una taca verda.— Te'n recordes, de quan ens escapàvem de casa per anar al bar de l'Edu?

Els pares de l'Edu tenien un bar a la zona industrial del poble. Com que a l'agost tancaven, els amics hi anaven a passar les nits. La Lea en recordava les interminables gerres de cervesa i les patates fregides. Mentre els altres bevien i l'Anna i l'Edu s'enrotllaven a la rebotiga en un sofà arnat i mig socarrimat perquè el pare de l'Edu tenia el costum de fer-hi la migdiada amb un cigarret encès, la Lea, avorrida, va aprendre a fer anar la fregidora. Quan les patates eren rosses, les treia, les escorria bé i les posava en un plat de cartró amb un tovalló. Després treia el tovalló i les cobria de maionesa, agafava una forquilla i sortia a la part del darrere del bar, un pati amb caixes plenes d'ampolles buides, males herbes i un llum encès amb tot de mosquits i arnes que hi topaven, i es posava a llegir asseguda a terra, menjant patates i bevent cervesa. De vegades l'Anna la despertava tocant-li l'espatlla, quan gairebé era de dia, i totes dues tornaven a casa pels carrers deserts de la zona industrial.

La Lea va recolzar el clatell a la vora de la banyera. El fang feia olor de mar en descomposició i la marejava. Va fer un glop al còctel i va sentir que l'Anna reia al seu costat. La seva germana també recordava el sofà i la cervesa, però com es recorden les coses alegres, com si cada nit d'aquells estius haguessin estat el seu aniversari: els altres, ballant després d'enretirar les taules i les cadires del menjador, els torns per beure cervesa directament de l'aixeta, les mans calentes de l'Edu, com tornaven a casa rient i agafades de bracet.

—Encara sort que la mare no se'n va assabentar mai.

La Lea va incorporar-se fins a quedar asseguda a la banyera. El fang es va moure amb una onada densa que se li va arrapar a la pell com la sorra s'arrapa a tot arreu un dia de platja. L'Anna tenia els ulls tancats i sospirava, la cara li flotava al fang verd.

—Què va passar amb l'Edu i amb els altres?

L'Anna va arrufar les celles i va obrir els ulls.

—No ho sé. Crec que ara l'Edu porta el bar...

—Sempre havia pensat que hi vam deixar d'anar perquè la mare se'n devia assabentar.

—No, no. Me'n vaig cansar, res més. No se't feia avorrit, després de dos estius?

—Des de quan et preocupa el que pensi?

La Lea li havia contestat sense pensar i de seguida se'n va penedir. L'Anna va incorporar-se, va emergir amb un vestit verd de fang, i li va proposar d'anar a dutxar-se i a sopar.

Abans que les diferències físiques entre totes dues fossin massa evidents, la mare les va apuntar a fer ballet. Els va comprar mallots i mitges i escalfadors i un tutú rosa a conjunt.

—Les ballarines estiren les cames tan amunt que toquen la lluna, i caminen amb tanta elegància que la gent es gira per mirar-les —els va explicar el primer dia que les va portar a l'escola de dansa. Van passar per davant d'un solar i la llum del sol vermell, que ja es ponia, feia que l'ombra de la tanca s'estirés. L'herba del solar es gronxava amb el vent i la mare tibava la mà de la Lea perquè feien tard, l'Anna se la mirava rient i nerviosa per començar, i la Lea pensava que preferia ser a casa i fer els deures.

—Esforceu-vos-hi i sereu capaces de tot —els va dir quan les va deixar davant de l'escola, i els va fer un petó al front a cadascuna. L'Anna va afanyar-se a entrar, i dins va trobar una amiga de la seva classe. La Lea es va treure l'uniforme al vestidor, portava el mallot a sota. Les mitges l'estrenyien i no es va posar el tutú, que la feia sentir com una botifarra amb faldilla. L'Anna, en canvi, ja era una ballarina de debò, amb el tutú, els escalfadors i les sabatilles de mitja punta, i per demostrar-ho va fer l'espagat enmig del vestidor i les altres van picar de mans.

A la classe, les van fer posar davant d'una barra. La Lea va pensar que era per no caure i va agafar-s'hi fort.

—Amb elegància —li va dir la professora, una dona altíssima i pàl·lida amb els braços plens de pigues. Li va redreçar l'esquena. La va fer mirar cap a la paret. Li va obrir una mica els peus i li va fer posar les mans sobre la barra amb delicadesa—. *Plié*.

Al final de la classe, l'Anna ja ballava. Els últims quinze minuts, que feien puntes (més no, perquè els peus es poden deformar, els havia explicat la professora), volava sobre el terra de la classe. Giravoltava, queia, es cobria les soles de les sabatilles

això que les meves amigues ja se n'havien anat. Vaig veure el vostre pare quan sortia i llavors ell em va agafar pel braç i em va preguntar si volia ballar l'última.

—No ens ho havies explicat mai —va dir la Lea, que havia segut al seu costat mentre parlava.

La mare va contestar que ja era hora que sabessin algunes coses, i l'Anna no va dir res.

Van arribar a l'estany quan el sol ja era molt amunt. Hi havia bancs de pícnic entre els arbres, i un cartell anunciava que l'aigua estava a 24,3 graus i explicava la llegenda de la dona d'aigua. La Lea va buscar la pedra on devia posar-se a dormir, li va semblar que devia ser una roca grossa i plana que hi havia en un dels costats. S'hi va acostar, s'hi va enfilar i va enfonsar la mà a l'aigua, estava calenta, la fada devia ser a les profunditats.

La mare i l'Anna van parar taula. Havien demanat dinar per emportar abans de sortir i els havien donat una bossa de paper amb sandvitxos de cogombre, xips de verdures i fruita.

—Ja va bé que aquests dies mengis millor —va dir la mare alegrement quan va veure la Lea mossegant un sandvitx—. Potser perdràs algun quilet i tot!

—Segur. Llàstima que ahir em cruspís tota la xocolata del minibar.

La mare va dir que al seu minibar no hi havia ni gota de xocolata i va elogiar el menjar del balneari.

Fins llavors, al menjador no havia vist cap fregit i al matí ni tan sols tenien brioixeria.

—Quan éreu petites no us donava ni una escalopa de pollastre fregit. Cada dia esmorzàveu una poma i un entrepanet de pernil dolç, dinàveu i sopàveu verdura bullida, peix o carn a la planxa i un iogurt. Només menjàveu malament amb el vostre pare.

Al pare li encantaven les patates fregides, les hamburgueses, la pasta amb tomàquet i els llibrets de llom arrebossat, la xocolata i els gelats, els refrescos i els núvols de sucre.

—Si fos per ell hauríeu menjat porqueria durant tota la vida. —Es va espolsar una engruna invisible de la galta.— Jo només volia el millor per a vosaltres.

La mare es va mirar l'Anna.

—Encara sort que els meus nets mengen com cal.

L'Anna es va posar vermella i va fer que sí.

Després de dinar van estar-se una estona descansant. Estava prohibit banyar-se a l'estany perquè formava part d'un parc natural, de manera que es van conformar a tocar l'aigua amb les mans. La mare es va quedar adormida sota un roure. De tant en tant li queia alguna fulla seca a sobre i la Lea es va preguntar si hi hauria cap possibilitat que les fulles l'acabessin cobrint tota i no la trobessin i haguessin de tornar soles a casa.

—Que bé que hagis vingut.

Després de l'excursió havien tornat baldades i la Lea s'havia tornar a adormir mirant la sèrie del dia anterior. S'havia llevat que ja era de nit, amb el menjador tancat. Li feia mandra trucar al servei d'habitacions i va decidir que pujaria una estona a la terrassa a prendre la fresca. Quan va obrir la porta, va veure que l'Anna ja hi era. Havia portat un parell d'ampolletes i refrescos del minibar de l'habitació. Van seure en una de les gandules del costat de la piscina buida, d'esquena al bosc. L'Anna va treure un paquet de tabac i l'hi va oferir.

—No sabia que fumaves —va dir la Lea, i en va agafar un.

—Jo tampoc ho sabia de tu. —L'Anna va riure.— Vaig començar una mica després que marxessis, d'amagat. Quan tornava de la universitat em menjava un caramel de menta perquè la mare no ho notés. I amagava el paquet a la jardinera del costat de l'estació, sota una pedra. I tu quan vas començar?

—A Bordeus.

Va ser l'única vegada que va veure el pare enfadat. En una de les seves visites li havia enxampat el paquet de tabac mentre passejaven pel costat del riu. S'havien aturat per descansar i la Lea buscava una ampolla d'aigua regirant la bossa quan el pare la va agafar pel canell i li va preguntar què era allò. Va agafar el paquet, el va estrènyer amb força i el va llançar lluny, al riu. «Prefereixo llençar-lo que clavar-te una hòstia», li havia dit amb la mandíbula tensa de ràbia, i la Lea va mirar com el paquet s'allunyava flotant riu enllà.

—També et volies sentir una rebel?

—Volia fumar porros amb els meus amics però em van dir que primer havia d'aprendre a fumar.

L'Anna va assentir.

—A mi m'agradava com em quedava, em feia sentir perillosa. Però crec que en el fons era perquè et trobava a faltar.

La Lea va deixar anar un esbufec i es va mirar el pou de la piscina. Va pensar en com va saber per la mare que l'Anna s'havia tret la carrera amb matrícula, que havia aconseguit feina en un bufet d'advocats, que es casava, que estava embarassada. No sabria dir quan van començar a deixar de ser germanes, ni si hi feia res. Durant l'adolescència s'havien ajudat a cobrir-se les malifetes, però amb el temps també van deixar d'explicar-s'ho tot. Havien estat península i havien acabat sent dues illes, va pensar amb una tristesa que la va sorprendre. Aquells anys a Bordeus van acabar de desfer el que quedava entre totes dues, i es van convertir en gent que només es veien per Nadal i es preguntaven de tant en tant com es trobaven per fer veure que tot anava bé.

L'endemà la mare va baixar al menjador vestida i maquillada com quan anava a prendre el te amb les amigues i els va dir que no volia remullar-se més, que acabaria arrugada com una pansa; de manera que després d'esmorzar van anar al poble. No era gaire lluny i hi podien anar caminant; si tornant estaven gaire cansades, els va dir, ja pagaria ella el taxi. Van mirar aparadors amb sabates ortopèdiques, van passar per davant d'una floristeria on la mare es va aturar a admirar les roses i van acabar en una botiga de records que feia olor de plàstic i de diners. La Lea va agafar una ampolla d'aigua d'una nevera que hi havia en un racó mentre la mare ensenyava a l'Anna dos ossets de peluix amb samarretes a conjunt amb el nom del poble i cosits pels braços, com si fossin siamesos.

—Mira que bufons. Als nens els encantaran.

—Els nens ja tenen prou coses, mama.

—I no els agafaràs cap record? I per al Carles, què?

L'Anna es va girar i va agafar un imant amb el balneari al fons i un prat amb una vaca que es movia.

—Potser un imant no, millor un cendrer o una estilogràfica, aquí tenen de tot. Mira, fins i tot pots gravar-hi el nom i la data, així veurà que t'has recordat d'ell i estarà content.

La Lea va pagar l'ampolla d'aigua i se'ls va acostar.

—No cal que compri res si no vol, mare —va dir.

L'Anna, entre totes dues, aguantava l'imant amb les dues mans i estava cada vegada més pàl·lida.

—I tu què saps? —La mare l'apuntava amb una estilogràfica.— Jo només vull el...

La Lea va agafar l'imant a l'Anna sense fer cas de la mare.

—Ostres, quin imant tan lleig, m'encanta. Vine, que te'l regalo.

L'Anna la va seguir fins a la caixa sense dir res i la mare va tirar l'estilogràfica a terra i va marxar amb el cap ben dret.

IV

—Al final t'han fet pagar l'estilogràfica.

—Ja li passaré la factura a la mare —va dir la Lea rient—. O potser l'hi regalo.

Eren en un banc a la vora del llac. Després de passejar una estona havien parat en un supermercat, havien comprat dos cafès i un paquet de pa de motlle per donar-lo als ànecs i als cignes que s'amuntegaven a la riba. La Lea va treure l'estilogràfica de la bossa. La punta estava feta malbé, els dos talls del plomí feien l'espagat.

—La mare sempre em treu de polleguera —va dir l'Anna llançant una pilota de pa a l'estany—. M'atabala més que molts dels meus clients, i mira que la majoria són empresaris i polítics. Sembla mentida.

—La mare trauria Gandhi de polleguera.

Tenien la mateixa postura, les cames estirades i les mans recolzades al banc. En adonar-se'n, es van girar per dir-s'ho i van riure. Abans sempre era així, va pensar la Lea, com quan havien segut al descampat a mirar les formigues, cadascuna en una banda del formiguer. Miraven els insectes i parlaven en veu baixa i de sobte tenien la mateixa idea i la deien alhora i reien. Aquella tarda portaven sandàlies i un vestit blanc fins als genolls. Se'l van embrutar de terra vermella i quan se'l van tornar a posar, unes setmanes més tard, la Lea havia crescut tant que ja no li servia; l'Anna encara el duria dos estius més.

—Tu sempre li contestes i sembla que no li tinguis por —va dir l'Anna de sobte.

De què tens por, li hauria volgut dir la Lea, però en canvi li va contestar que li feia llàstima:

—Per a ella el món és petit com un cap d'agulla i ple de gent mirant-se de cua d'ull.

Van tornar al balneari seguint el riu. No parlaven gaire. La Lea clavava puntades de peu a una pedra, al cap d'una estona l'Anna s'hi va afegir i durant un bon tros van semblar dues nenes que jugaven.

Van trobar la mare emmurriada. Les esperava asseguda en un dels bancs de l'entrada. Feia veure que llegia una revista, passava les pàgines doblegant-les pel mig amb brusquedat. Quan les va veure va deixar la revista al banc i va entrar al balneari amb l'esquena dreta.

—Fa veure que no ens ha vist —va dir la Lea rient.

Van passar la resta del dia les dues soles. Van fer el recorregut geotermal, van fer-se pediluvis i massatges cromàtics amb olis de flors, van banyar-se a la piscina de talassoteràpia, que feia gust de mar i de clor, i fins i tot es van ficar en una piscina d'onades amb un tobogan, envoltades de nens petits, esquitxant-se i ofegant-se l'una a l'altra, l'Anna amb el seu biquini de flors roses com un esclat, la Lea amb el seu banyador negre com una nit.

Quan el pare va marxar, durant unes setmanes la mare no va deixar de plorar. A la Lea la irritava veure-la tan vulnerable.

Altres vegades la mare no plorava, però si anava a visitar-la se la quedava mirant, o li trucava i no deia res, i la Lea tampoc deia res fins que una de les dues penjava.

Un dijous a la tarda que va anar a veure-la va ser la primera vegada en molt de temps que la va trobar portant el vestit jaqueta, aquell mateix conjunt de quadres grisos que duia quan eren petites. S'havia fet un monyo tibant i s'havia maquillat. Tornava a semblar ella.

—On vas, mare? Que has quedat amb les amigues?

La mare va fer que no amb el cap i va dir que no calia quedar amb ningú per anar ben polida ni posar-se maca. La Lea va deixar la bossa a l'entrada. A fora feia una tarda encesa que tenyia el pis de vermell, com el dia que havien començat les classes de dansa.

—Te'n recordes, mare, de quan anàvem a ballet?

La mare va deixar una safata amb dues tasses

de te a la tauleta del menjador i es va asseure al sofà. La Lea, que havia estat mirant una nena que escopia al carrer des del balcó, es va asseure al seu costat.

—I tant. La teva germana ho feia molt i molt bé. A final de curs vau representar *La sireneta*, era la protagonista. Duia unes malles precioses de lluentons platejats que imitaven la cua d'una sirena.

La Lea ho recordava com un tràngol, havia hagut d'assajar durant mesos, i això que ella només feia d'alga, i portava un mallot verd fet amb una mena de plàstic que la feia suar, però també recordava el número que va fer l'Anna, sola, al final de tot. El focus la seguia i ella es movia a poc a poc, giravoltant, amb una tristor molt fonda, i llavors es moria i es convertia en escuma.

—Ho va fer tan bé que vaig plorar i tot —va continuar la mare—. Mai he estat tan orgullosa com aquell dia. Quina llàstima que al final ho deixés.

La Lea va fer que sí i la mare es posar molt seriosa.

—Tot s'acaba. Fins i tot quan sembla que tot va bé, tot s'acaba. Aquell va ser el punt en què tot va començar a fallar.

—Què vols dir?

—La vida és una decepció rere una altra. El teu pare s'avorria, tu t'avorries, fins i tot la teva germana s'avorria.

La mare va escurar la seva tassa de te i li va preguntar si en volia més. Era sense teïna i si li venia de gust podia repetir sense por de no dormir a la nit. La Lea no va contestar.

—De vegades em pregunto si soc jo qui se sent decebuda amb vosaltres o si sou vosaltres que esteu decebuts amb mi —va dir la mare mentre s'emportava les tasses a la cuina.

A l'hora de sopar, van servir-se espinacs amb formatge fresc i nous, i una hamburguesa de tofu i albergínia. La Lea i l'Anna reien i feien picar les copes plenes d'aigua amb gas, i no va ser fins que es van aixecar per agafar un parell de peces de fruita que van veure la mare menjant-se una macedònia, sola, d'esquena a elles.

—Creus que li hauríem de dir alguna cosa?

La Lea va pensar que havia estat la mare qui s'havia enfadat, però en comptes de dir-ho en veu alta va contestar «com vulguis» amb desgana. L'Anna no va tornar a dir res, i mentre es menjaven les postres la Lea li va preguntar si recordava aquella vegada que les havien castigat per donar l'entrepà de l'esmorzar a les gallines que tenien a l'hort de l'escola i van tornar a petar-se de riure quan van recordar com les van delatar perquè se'ls havien fet caca a les sabates. L'Anna somreia i, de tant en tant, es girava per mirar-se la mare.

Era tard. La Lea va picar a la porta de l'habitació de la seva germana.

—Hi ha una pluja d'estels. La vols veure?

—Espera, que em poso les sabates. Anem a la terrassa?

—No, al bosc ho veurem més bé.

«Som exploradores», va dir l'Anna en un xiuxiueig mentre recorrien el camí del bosc il·luminant-se amb les llanternes dels mòbils.

—Amb els nens també feu excursions?

L'Anna va gratar-se la galta.

—El Carles de vegades se'ls endú a la muntanya.

—I tu no hi vas?

—No sempre. Així descanso una mica de tot plegat.

Amb els seus passos anaven aixecant la grava del camí. L'udol de les òlibes i el cant dels grills s'anava apagant a mesura que passaven pel seu costat i tornava a reprendre's quan se n'allunyaven. La Lea es va deixar portar per la resta de sorolls del bosc, el vent que agitava les fulles, els cruixits de branques que petaven, el trot suau d'unes peülles darrere seu. Es va oblidar que no anava sola i quan l'Anna va parlar va fer un bot.

—He estat mirant a internet i diuen que a l'estany de l'altre dia hi viu una dona d'aigua.

La Lea va riure i li va explicar el que havia vist al cartell. L'Anna va assentir amb entusiasme, també l'havia llegit.

La Lea va veure que els arbres començaven a distanciar-se i una taca blava al final del camí.

—Crec que aquí estarem bé.

Havien arribat a una clariana amb herba que els arribava fins a mitja cama. El bosc les envoltava com una massa negra i viva i la Lea es va recordar de les formigues. A dalt, el cel semblava un ull de bou enorme tan ple d'estrelles que quan van apagar les llanternes s'hi veien bé.

La Lea va estirar-se a terra amb la jaqueta fent de coixí i l'Anna la va imitar. Van estar-se una estona mirant cap amunt i escoltant el bosc.

—No està passant res.

—De vegades triguen una mica —va dir la Lea.

L'Anna va sospirar i va dir que allà s'hi estava tan bé que no li feia res esperar tota la nit, si calia.

—Una vegada que el pare va venir a Bordeus vam anar a la platja a veure els Perseids.

—Devia ser molt bonic.

La Lea no li va dir que en realitat no van veure gran cosa perquè feia núvol. Estava a punt d'adormir-se. La respiració de l'Anna la bressolava, com quan eren petites i encara dormien a la mateixa habitació; per això quan les van separar li costava tant adormir-se. Quant de temps feia que no ho recordava, això, va pensar, i tot seguit va sentir la mà de la seva germana que la sacsejava i li deia «mira». Primer no va veure res, però després els deixants tímids de dos estels fugaços van travessar el cel.

—Com està el pare? Fa moltíssim que no parlo amb ell.

—Bé, suposo. Jo també fa força que no parlo amb ell.

L'Anna va dir que li sabia greu no haver-li trucat quan va marxar.

—Ara li preguntaria tantes coses...

—Estaves enfadada amb ell?

La seva germana va pensar-s'ho molta estona. De tant en tant, un estel fugaç pintava el cel com un tros de guix una pissarra.

—Sí.

Per primera vegada en la seva vida, almenys que totes dues recordessin, la mare va claudicar.

L'endemà, a l'hora d'esmorzar, la van trobar asseguda en una taula davant de la porta del menjador, i quan les va veure entrar es va aixecar i va anar cap a elles.

—No discutim més —va dir agafant l'Anna de les mans—. No val la pena.

L'Anna es va mirar la Lea un segon, que va arronsar les espatlles tota seriosa, i la mare li va estrènyer les mans.

—L'altre dia deies que havíem vingut per estar juntes. No val la pena que ens enfadem, jo només vull el millor per a vosaltres.

Com a resposta, l'Anna va abraçar la mare, que va somriure d'orella a orella.

L'Anna, tan fàcil d'acontentar, com aquell any que el pare li havia preguntat què volia que li portessin els Reis, i ella havia contestat que volia una hamburguesa amb *bacon* i formatge, però només si tots en menjaven. Al final, havien anat tots a una hamburgueseria i fins i tot la mare en va menjar una. El quètxup els regalimava pels dits i es van embrutar la cara, el pare reia, la mare reia, l'Anna reia.

La mare no va parar de somriure en tot el dia, i no va tornar a treure el tema de l'estilogràfica ni dels pèls que havia trobat a la banyera. L'Anna també reia, i la Lea, quan les veia així, completant les frases de l'altra i elogiant-ho tot, pensava que semblaven germanes. Ella les seguia en la distància, sabent que tard o d'hora la mare es giraria, com el dia que van veure els cérvols a la carretera, i que la miraria de fit a fit.

Estaven sopant al menjador, l'Anna i la mare encara amb les cares brillants i felices per haver fet les paus, amb una amanida d'alvocat i pastanaga al davant. La mare va pescar una pansa del plat i la va mastegar amb delicadesa i va elogiar-ne la textura i la dolçor, i llavors l'Anna va dir que havien descobert un lloc fantàstic i que l'hi volien ensenyar.

Després de sopar van pujar juntes a la terrassa, cadascuna amb un còctel a la mà, la mare i l'Anna rient com quan elles dues tornaven, de matinada, del bar de l'Edu. Quan van sortir, la Lea els va aguantar la porta i va mirar-se el bosc mentre l'Anna li ensenyava la piscina i les palmeres artificials, la garlanda de llums i les taules amb les estovalles fetes de tires de plàstic brillant, i la mare anava fent ohs i ahs com si fos en un palau.

Totes dues van seure al costat de la piscina. La mare es va arromangar el vestit com si fiqués els peus a l'aigua i va deixar les cames penjant al buit. L'Anna va fer el mateix. La Lea les sentia parlar en veu baixa darrere seu mentre mirava el mar negre del bosc. Va sentir que l'Anna sanglotava, i llavors va girar-se i va veure que s'abraçaven.

Va treure un cigarret d'un paquet que havia comprat al poble i el va encendre. L'Anna i la mare se li van acostar amb els gots gairebé buits a la mà.

—Ara fumes, Lea?

—Poc i ja fa anys, mare.

L'Anna les mirava ara a l'una, ara a l'altra.

—Dona-me'n un, va.

La Lea li va allargar el paquet i la mare es va posar un cigarret als llavis i la Lea l'hi va encendre. L'Anna s'havia afanyat a treure el seu paquet de la butxaca dels pantalons i ja estava fumant, també.

—Quan era jove fumava moltíssim, dos paquets al dia. Ho vaig deixar quan em vaig quedar embarassada de vosaltres.

—Llavors potser val més que no fumis, mama.

—Per una vegada no passa res.

L'Anna va sospirar.

Durant una estona no es va sentir res més que els grills del bosc, la brisa que agitava les estovalles i les tres dones exhalant el fum del tabac, que s'elevava fins a la lluna fent filigranes de ballarina. El vent feia que els cigarrets es consumissin més de pressa.

—Que bé que estem, oi, nenes?

L'Anna i la Lea van contestar que sí a destemps.

EL FIL D'ARIADNA

Dins la casa hi ha una cambra, i dins la cambra hi ha una capsa, i dins la capsa una cançó, dins la cançó hi ha una clau de ferro, un tros de lluna i un petó.

Ca l'àvia, la casa fosca i plena d'escales, la casa que fa olor d'hivern i de llana. Per arribar-hi cal seguir un passadís entre els roures als afores d'una urbanització amb xalets unifamiliars pintats de blanc, però casa seva és molt més antiga. L'havien construït el seus avis quan van arribar d'Escòcia, on havien viscut a la badia fins que l'aigua del mar va inundar el poble i els va deixar sense casa i amb un carro ple fins dalt de les coses que havien pogut arreplegar. Aquí, l'àvia de l'àvia s'enyorava de les platges de còdols gruixuts com caramels i de les foques, que cantaven quan es feia de nit i es deixaven bressolar per les onades.

L'àvia es posa un dit als llavis per dir-me que no faci soroll, i em porta pels passadissos de la casa, que és més gran per dins que per fora, i passem per un passadís estret al forat de l'escala del segon pis i en un recambró hi ha la foca, rodanxona i amb la pell arnada i els ulls tristos, i l'àvia diu que de nit de vegades la sent cantar i jo li demano que la faci cantar per a mi.

M'agraden les màquines, sempre m'han agradat. Em recullo els cabells en una cua, obro una ràdio que he trobat a ca l'àvia fent força amb un tornavís. Dins hi ha cables, microxips, torretes rodones formant una ciutat en miniatura. No entenc per a què serveixen i les desfaig, les inundo d'estany, el plàstic es fon, els carrers verds de la meva metròpoli ja no serveixen per a res. L'àvia em regala màquines antigues que ja no funcionen o que no sap com fer anar. És la primera vegada que aconsegueixo que funcioni un rellotge de cucut, només calia netejar-li els engranatges de pols i canviar-li el pes. Li dono corda, el poso a l'hora, a les dotze s'obre una porteta i dos pastors holandesos es donen la mà. Busco un lloc on penjar-lo però les parets són plenes de quadres, d'altres rellotges, de tapissos antiquíssims amb dibuixos de nen. Recorro la casa mirant les parets i em perdo, no és fins que l'àvia em crida per berenar que segueixo la seva veu i puc tornar, amb el rellotge de cucut abraçat.

Al menjador m'espera amb un croissant de xocolata i una tassa de llet amb cacau, i l'àvia diu que mengi de pressa per tirar-me les cartes, cada divendres ho fa. Em fa seure a la taula amb les estovalles de llunes, al cap porta un mocador amb monedes de llautó cosides a les vores com va veure una vegada en una pel·lícula. Les monedes li donen un aire de rodamon i ella riu, s'ha pintat les parpelles de vermell, com les ungles, barreja les cartes amb destresa. Llavors em demana que li digui Madame Fedora, un nom que ha passat de generació en generació perquè era la seva àvia qui li havia ensenyat a tirar les cartes, i a la seva àvia, la seva àvia, i així fins al principi dels temps, quan les cartes eren de fusta molt fina, fregades i polides i amb dibuixos fets amb un ferro calent. L'àvia té aquella baralla prehistòrica guardada en una capsa metàl·lica i tancada amb pany i clau, no deixa que ningú l'obri, i abans de tirar-me les cartes, mentre em fa recitar el significat dels arcans majors (el futur: preocupació, fer plans; l'intel·lecte: intel·ligència, plaer de llegir; la identitat: cercar, descobriment) per poder-me concentrar miro el forat del pany d'aquella capsa, abonyegada i verda, que presideix totes les tirades en un cantó de la taula.

—Talla —em diu l'àvia després de recitar assenyalant la baralla, i jo em concentro en el que vull preguntar i faig tres pilons de cartes iguals, tan iguals com puc, davant meu. Les cartes les fa ella mateixa perquè no es refia de les que es venen, ja fetes, a les botigues esotèriques i a Amazon, per molt boniques que siguin, perquè una baralla ha de tenir els arcans que necessiti qui la fa servir, de manera que ella mateixa en fa els dibuixos i les plastifica amb una màquina que té a la cuina i que una vegada vaig intentar obrir per veure com funcionava i em vaig guanyar un clatellot.

L'àvia tanca els ulls i respira fondo amb les mans sobre la taula. Jo m'espero, inquieta, amb les mans a la cadira i me la miro, impacient, s'espera una bona estona per obrir els ulls, blaus i pàl·lids com una cova de núvols.

—Aquests són el teu passat, el teu present i el teu futur.

—Quantes habitacions té casa teva, àvia? —Estic preparant una redacció per a l'escola, és estiu, porto pantalons curts, les cames em pengen de la cadira.

—Quantes vols que en tingui?

Penso que a la mestra no li agradarà que la casa sigui infinita, com m'ho sembla a mi, voldrà una cosa mesurable i avorrida. «La casa de la meva àvia té tres habitacions i un bany una cuina i garatge i al menjador hi ha un sofà amb una manta de ganxet a sobre groga i amb quadres vermells i verds i a l'hivern no tapa gens perquè com que és de ganxet té forats i a l'estiu fa nosa. Estic molt contenta quan vaig a casa de l'àvia però la mare mai vol entrar i només convida l'àvia a casa per Nadal encara que és la seva mare i jo me l'estimo molt». Em miro la redacció i la ratllo, quina ràbia que em fa veure les lletres blaves i la llibreta de quadres blaus, ratllo i ratllo fins que al boli no hi queda més tinta, ratllo fins que estripo la pàgina i també ratllo la pàgina de sota, hi queda un relleu de marques blanques furioses.

L'àvia em mira i em pregunta si vull veure la

seva habitació preferida. Li dic que sí i salto de la cadira. Agafa una llanterna del primer calaix de la cuina, és blava, de plàstic, amb una bombeta molt gran i una nansa metàl·lica que et fa sentir com un explorador quan l'agafes. Me la dona. Apaga tots els llums de la casa perquè a la seva habitació preferida només s'hi pot arribar a les fosques. Em guia pels passadissos, porta una bata que arrossega la cua, sembla el vestit d'una reina, i fora del feix de llum de la llanterna intueixo els quadres a les parets, gerros amb flors seques sobre tauletes i mobles i fins i tot a terra, les butaques plenes de llibres que hi ha als racons.

Quan em sembla que fa hores que caminem, l'àvia s'atura davant una porta verda.

—Apaga la llanterna i obre la porta amb compte, que no s'escapin.

Ho faig molt a poc a poc i tot i així la porta grinyola. El terra està emmoquetat. Les parets són blanques. Acabo d'obrir-la i a l'habitació hi ha un munt de gats apilonats en una cantonada, dormen com si al món no hi hagués res més que ells i estiren les potes i badallen, són tots iguals, tigrats i amb els ulls verds, amb una clapa blanca al pit i a la barbeta com si haguessin robat un plat de nata, i tenen el posat segur i fatxenda dels senyors de cinquanta anys. Em veuen i tornen a badallar i de sobte es posen tots drets i miolen, ric i juguem fins que haig de tornar a casa, no sé quantes hores o quants dies han passat però de sobte tot es fa petit i estic plena de pèls i d'esgarrapades i somric, l'àvia m'ha dit que tots els gats es diuen Missi.

A la mare no li agrada que els gats m'hagin esgarrapat. S'espera a la porta de la casa fins que surto i al cotxe em diu que si torno a fer-me mal no m'hi deixarà tornar.

Fora el món hi ha un mantell negre, i al mantell s'hi ha fet un forat, passa-hi la mà per dins i el diable hi trobaràs.

La mare em deixa davant de casa l'àvia dues vegades la setmana, els dimarts a la tarda i els divendres, perquè treballa a l'hospital. Els dimecres al matí em porta a l'escola en cotxe i llavors l'escola és un somni i em sembla que he deixat la realitat enrere. Els divendres són els meus dies preferits perquè em quedo a dormir a ca l'àvia i no veig la mare fins dissabte al vespre.

Els divendres a la nit, després que l'àvia em tiri les cartes, conjurem els morts. Seiem a la taula de les estovalles de seda blau marí brillant i llunes daurades estampades, encén una barreta d'encens i em diu que agafi un tros de quars per canalitzar bé els esperits. Jo sempre agafo el rosa i ella un de blanc d'un bol amb una barreja de vinagre i sal per netejar-los, i quan cridem els esperits ens agafem les mans i tanco els ulls molt, molt fort, mentre intento obrir els ulls de dins, com diu ella, però no me n'acabo de sortir. Obro un ull quan començo a avorrir-me i ella somriu amb una calma que em fa enveja, mai he conegut una tranquil·litat com aquesta, com dormir sense estar adormida de debò.

—Besàvia, sou vós? —pregunta de sobte l'àvia amb una veu forta que fa tremolar les monedes del mocador.

Llavors obro els ulls del tot i m'agafa una por emocionant, que fa que li estrenyi fort les mans. L'àvia continua amb els ulls tancats i el seu somriure plàcid. Parla amb moltes veus, la de la rebesàvia Belinda, que tenia una granja amb una vaca i una ovella que van morir de pesta; la de l'avi Pau, que tocava el violoncel a canvi de rajoles de xocolata; la de l'avi Pedro, que va morir-se de fàstic després de descobrir que el pou d'on treien l'aigua per beure era ple de llagostes mortes. Els pregunta com es troben, les monedes del mocador tremolen, una llàgrima s'escapa de la parpella vermella de l'àvia. Les veus parlen de temps d'abans, riuen i xerren alhora, respiro fondo i oloro la gespa mullada de la pluja freda del nord, la pudor metàl·lica dels animals i de la sang. Les mans de l'àvia tremolen. Una per una, les veus es van fent més febles, s'acomiaden fins divendres que ve. L'àvia em deixa anar les mans i les tenim suades, no sé si de la seva suor o de la meva. Està cansada i vol mirar el concurs de la tele, s'aixeca amb esforç de la cadira i es deixa caure a la butaca. Preparo el sopar, i com que sé que a l'àvia li encanten les llaminadures sempre és alguna cosa dolça.

L'àvia ve a casa per Nadal, la passa a buscar la mare en cotxe, i quan arriba la seva presència és tan estranya com la d'un astronauta a l'edat de pedra. Entra al menjador ple de mobles de l'Ikea i quadres pintats per la mare, natures mortes i dones antigues amb barrets, i seu en una cadira, que cruix sota el seu cul enorme i rodó. L'àvia porta sempre el mateix xal, negre i amb floretes vermelles, i una mica de casa seva a dins. Cada any, per Nadal, me'n regala un tros: una clau que no sap què obre, un rellotge de butxaca espatllat, un llibre en blanc.

—Un dia tot el que tinc serà teu.

La mare està acabant de cuinar el dinar de Nadal, com cada any, pollastre amb escamarlans, no suporto la barreja del que ella en diu mar i muntanya. L'àvia em demana que pari la mà dreta, penso que m'hi llegirà el futur però el que troba al palmell és una altra cosa.

—A l'escola em diuen que soc una extraterrestre perquè les línies gairebé no se'm veuen.

L'àvia riu, es posa bé el xal i segueix mirant-me el palmell amb molta atenció. Al final assenyala la línia que es veu menys amb el dit i la recorre sense arribar a tocar-me, tot i així, em fa pessigolles. Sembla que els quadres ens mirin des de les parets, que els mobles de l'Ikea s'ajupin per veure'm el palmell.

—Mira.

L'àvia m'ensenya la mà esquerra, hi tenim les mateixes línies però al revés, com si fóssim els dos reflexos d'un mirall.

—Ahir, demà; prop, lluny; nou, vell; núvol, sol. Som el mateix. Ho entens?

La mare entra al menjador i ens mira com si guardéssim un secret.

—Àvia, aquest any no tinc regal?

L'àvia riu, la mare arrufa les celles, sota el llit tinc una caixa plena dels seus regals. Aquest any en faig quinze i vaig a la meva habitació a deixar-hi els llençols que m'ha donat, però els desplego i no són llençols, és un vestit amb brodats delicats que havia estat blanc i que ara és groc, i hi passo els dits per sobre.

—Per què li regales aquests trastos inútils? —sento que diu la mare al menjador—. No en tenim prou, que tinguis la casa com la tens?

L'àvia tus tres vegades i li demana si té un got d'aigua. La mare l'hi porta i li diu que ja n'hi ha prou, que s'ha acabat. L'àvia pregunta que què s'ha acabat i a mi em cau una gota de suor calenta per l'esquena.

Lluny de casa, on es pon el sol, hi ha una font que raja lluna, agenolla't i beu-ne un got per deixar de ser només una.

Les coses parlen més alt que les persones, diu sovint l'àvia, per això va decidir tancar-se a casa seva amb totes les seves andròmines, i les dels seus pares i els seus avis, i les dels avis dels seus avis. Tu seràs la següent, em diu sempre amb aires de grandesa, mentre deixata els ous per fer una truita o prepara un plat de sardines perquè els Missis sopin. I jo m'imagino guardiana de les coses, com ella, del passat i del present i del futur de nosaltres.

Un divendres l'àvia diu que ja soc prou gran i em demana que em posi el vestit que em va regalar per Nadal. Llavors em porta a l'habitació de les ràdios. Aquí sempre hi ha una remor de veus, homes i dones que canten en veu baixa, animals fent espinguets, un piano que deixa anar notes com molles de pa en un camí. No hi venim gaire, perquè les veus i la música es fiquen a dins i llavors costa dormir. Però avui l'àvia entra a l'habitació, es planta davant la finestra, s'escura el coll i comença a cantar. Les veus i les notes baixen de volum fins que no són més que soroll blanc, i quan me n'adono també canto jo.

Quan l'àvia la canta sembla una cançó alegre, però la lletra que em surt dels llavis parla de llocs lluny de casa, i de còdols i fonts i miralls. Cantem plegades fins que la cançó ens omple i se'ns escapa pels porus com suor. A fora la lluna s'ha alçat i totes les coses es lamenten i riuen i ens miren i ens criden, l'àvia m'agafa la mà i quan acabem tot torna a callar.

L'àvia s'estima els llocs recòndits i les coses de la casa. Un dia li pregunto si l'ha explorat tota i riu.

—Quan m'avorreixo agafo la llanterna i em poso a buscar habitacions noves. Ahir vaig descobrir-ne una al soterrani tota plena dels dibuixos que havia fet el meu avi per a una pel·lícula de dibuixos animats, però el cine encara no s'havia inventat i no la va poder ensenyar a ningú.

Li demano de veure-la i diu que no sap si tornarà a trobar-la mai, les habitacions apareixen i desapareixen o es mouen a voluntat.

—Elles van a la seva i jo no soc ningú per retenir-les —diu rient.

Només on som ara, on hi ha el menjador i la cuina, les habitacions sempre són a lloc. Li dic que ho intentem i treu un cabdell vermell de fil.

—És el d'Ariadna.

Soc tan petita que em penso que es deu referir a alguna veïna.

—Casa nostra no és màgica —dic desencantada.

Hem lligat el fil en una cadira i ens hem escolat per un forat a la paret de la xemeneia, hem sortit a un passadís fosc amb plantes d'interior tan enormes que sembla la jungla.

—Mira —diu l'àvia assenyalant un munt de diaris en un racó. Tenen una data de molts anys enrere—. Eren de la teva mare.

N'agafo un. Hi ha un dibuix d'una habitació i, amb lletra polida, al titular posa: «Extra! Extra! He ordenat la meva habitació». Ric. Se'm fa estrany pensar que algun dia la mare també va tenir l'habitació desordenada.

—Podem veure l'habitació de la mare?

—No podem, reina. Se la va endur quan va marxar.

—Per què se'n va anar? Que no li agradava viure aquí?

L'àvia no diu res, em penso que no m'ha sentit i l'hi torno a preguntar.

—Quan era petita crec que sí. Però després va créixer i tot li pesava.

No em costa imaginar-me la mare atabalada pel desordre, pels milers de coses que s'apilen a cada racó. Al pis es posa nerviosa si m'oblido de treure'm les sabates a l'entrada, o d'escombrar el menjador abans que vinguin les visites, o de fregar el terra els dijous. L'àvia va recitant el que trobem, com quan em fa recitar els significats de les cartes.

—L'arpó de l'avi Ahab, que caçava escarabats com balenes sota els canals de Venècia; la corda amb què es va penjar la tia Enriqueta, que es va enamorar d'un lloro; una branqueta d'ermot, bullida va bé per sucumbir a la passió...

Anem deixant el fil enrere amb les portes, els passadissos, agafem escales amunt i avall, travessem recambrons, habitacions per on s'escola un raig de sol a través dels porticons tancats, els nostres passos fan espetegar la fusta o s'apaguen sobre les catifes, que deixen anar núvols de pols, i les coses no s'acaben mai.

Al final l'àvia m'ensenya l'altra punta del cabdell de llana, i em diu que hem de tornar enrere.

—Em sap greu, reina.

Em miro la punta de fil com si fos un llumí encès.

—I si em passa com a la mare?

L'àvia comença a recollir el fil i em fa un somriure ample.

—No passarà mai. Tu i jo som iguals. I som amigues, oi?

I m'estén la mà per tornar.

Si escrius el teu nom en un tros de vidre ahir serà el dia que moris, demà va ser el dia que vas viure.

Quatre homes entren a casa de l'àvia, a casa dels pares de l'àvia, a casa dels avis de l'àvia. Porten unes bosses d'escombraries tan grans que m'hi podrien ficar a dins. Em miren i em pregunten per on comencen. Jo els contesto llançant-los el que trobo, coixins, una sabatilla, una planxa antiga, llibres, un test de fang buit.

—Fora! Fora!

Els homes van vestits de groc, es miren entre ells. La mare m'agafa per darrere i se m'endú, em clava una bufetada. M'arrossega fins al cotxe i m'hi tanca, a través de la porta oberta de la casa veig els homes que comencen a emplenar les bosses, hi fiquen el quars, la plastificadora, el rellotge amb els dos pastors holandesos. Venen i van i haig de veure com s'enduen l'àvia tapada amb una manta. La pugen en una ambulància que marxa rabent camí enllà, pico amb els punys als vidres de les finestretes del cotxe i els homes comencen a buidar tota la casa i la mare fa una foguera amb les coses que no volen, els diaris, la roba de l'àvia, les estovalles amb les llunes estampades. La capsa verda rebenta per la calor i les cartes són confeti en flames. La mare empaita els Missis amb una escombra, els gats corren i es perden darrere de la casa, torno a intentar obrir les portes del cotxe. El fum puja i ennegreix el cel rosa, té un permís de l'ajuntament, la mare, m'ho diuen a emergències quan truco dient que vinguin corrents, que hi ha algú calant foc a la casa.

L'àvia ja no pot tornar a casa seva.

—Demà ja s'haurà acabat tot —diu la mare quan torna al cotxe. Creuem el passadís de roures i desitjo amb totes les forces que se'ns empassin, que esclafin el cotxe, però no passa res—. I podràs anar a veure l'àvia quan vulguis. —Es gira i em mira.— Hi podem anar totes dues.

La mare em somriu. L'endemà ho han tirat tot a terra.

La foca que cantava, el quars, la capsa amb les cartes, la cançó. M'agraden les màquines. Les màquines si s'espatllen s'arreglen, al circuit l'electricitat sempre sap per on ha d'anar, la física no traeix mai, una poma no cau mai cap amunt. Però l'àvia m'havia dit que de vegades sí, per exemple si era sota l'aigua, i llavors no vaig saber què més pensar, i cada vegada que hi havia una escletxa de raresa, de no pot ser, recordava l'àvia, la casa de l'àvia, una poma flotant al mar.

Casa seva era casa meva, i totes les seves coses, els passadissos interminables, l'habitació dels gats, la caixa amb els seus regals, les veus de l'habitació de les ràdios, l'àvia que tibava el seu fil vermell d'Ariadna i reia.

—Com està la casa?

L'àvia estava asseguda en una butaca d'un rosa pansit en una sala gran, blanca, perfectament delimitada per quatre parets, plena d'altra gent asseguda en butaques de colors pansits. No la deixaven pintar-se els ulls ni les ungles de vermell. Portava una bata del mateix color de la butaca. La mare, al meu costat, teclejava al mòbil.

—No he pogut rescatar-ne res. Em sap greu.

Em vaig posar a plorar i l'àvia va fer que sí. No havia dormit en tota la nit. Vaig amagar la caixa amb els regals a casa d'una amiga perquè la mare no la trobés. Al matí vaig anar sola a les runes de la casa. Vaig deixar la bici al costat del passadís de roures, que em van rebre moixos com si fossin desmais. En un cantó hi havia les restes de la foguera, cendra flotant a l'aire. Hi havia fusta estellada pintada de verd i groc, restes de rajoles i de testos trencats, mobles irreconeixibles. I guix, i maó i un tros de la manta de ganxet soterrada entre la runa. Vaig intentar recórrer-ne el perímetre però no el vaig trobar, encara ara la casa no se'm mostrava sencera.

A la butaca, l'àvia va empal·lidir. Li vaig agafar la mà. Estava molt freda. L'àvia em va posar l'altra mà a sobre i va sospirar i va tancar els ulls. Van trucar a la mare, que va sortir de la sala per agafar la trucada. Llavors vaig començar a recitar la cançó molt baixet, com si fos una poesia, i l'àvia va somriure. Volia que obrís els ulls, que em mirés, que tornés l'àvia que parlava amb el món, l'àvia dels ulls com una cova de núvols.

Una cuidadora va portar el berenar. Va obrir la tapa del flam, hi va clavar la cullera i el va donar a l'àvia, que en va agafar una cullerada amb ànsia. Quan la cuidadora va tornar per agafar el pot buit, l'àvia li va preguntar què tocava sopar i la dona l'hi va dir. Llavors la mare va tornar i em va dir que li fes un petó a l'àvia, que marxàvem.

SACRIFICI

Han muntat la piscina de plàstic al pati i l'han emplenat d'aigua. Fa forma d'hexàgon i fins i tot té una escala metàl·lica. L'aigua emmiralla el cel rosa i lila, la lluna i dos núvols esfilagarsats. Els nens s'hi llancen de cap, tot i que ella els ha dit que no ho facin perquè ja és tard. El seu home s'hi llança en bomba després de posar-se el banyador a correcuita. L'Elvira prepara el sopar i els mira des de la finestra oberta de la cuina, passa una brisa fresca i somriu només una mica i mentre es fregeixen les patates renta els plats amb sabó fins als colzes. Els nens entren i surten de la piscina i el seu pare els agafa en braços i els llança enlaire.

Els nens hi passen tot el matí i tota la tarda; fins i tot quan el sol està ben alt i l'aigua deu bullir com un vidre al sol. Xipollegen, es barallen i criden, com rates que s'ofeguen, tres rates iguals, fosques i amb les cues primes i xopes.

L'Elvira abaixa la persiana de la finestra de la cuina i seu en una cadira. Beu un got de te fred amb llimona. La llimona sura i fa onades com una platja vermella. Prepara el te cada nit, quan els nens ja són a dormir. Aleshores només sent l'aigua a la pica i el zumzeig tranquil de la nevera. Ho té tot llest en cinc minuts. No pensa en l'endemà, en les corredisses i els crits de primera hora del matí, les baralles per la torrada més torrada.

Al forn de pa hi ha cua perquè acaben de treure croissants acabats de fer. Es posa darrere d'una dona com ella, grassa i amb una bossa de roba. Els vidres s'entelen per la calor i la humitat. S'emporta tres croissants i una barra de quart. Ho fica tot a la bossa del pa i pensa que no seria tan terrible deixar els nens sols una estona més. Ha deixat el gran d'encarregat.

Segueix la carretera fins als camps al costat de la pista d'atletisme. Sent trons, lluny, i cau una pluja fina. Obre el paraigua, tan gran que li tapa el cel i part del camí. La pluja tamborina a la tela negra, els peus li xipollegen als bassals.

Tots tres van néixer a l'estiu, tres anys seguits. Es va desmaiar just després de tenir-los i quan es va despertar eren al seu costat, nets, embolicats en una manta blau cel. El gran es movia massa i es va encetar el nas amb la flassada quan el van posar de cap per avall. Quan el va veure, va sentir una cosa petita que la rosegava per dins. Eren éssers estranys, no eren seus. No podien ser-ho, no s'hi assemblaven gens. Ella tenia les cames tortes. Sempre es posava vestits fins als turmells i, quan algú li somreia, sabia que era un somriure burleta i es posava vermella. En canvi, els nens eren àgils i bonics.

Ha caminat més que no es pensava. Un gos surt de darrere un tractor aturat. És un pastor alemany que li ensenya les dents. Té el pèl mullat per la pluja i l'Elvira pensa que potser el que l'espanta és el paraigua. S'acosta i el mira als ulls. El gos gruny i separa una mica les potes. Despertar-se a l'hospital, amb una mossegada de gos al tou de la cama. Unes roses en un gerro, al costat del llit, els passadissos frescos amb olor de desinfectant.

Fa mitja volta i torna cap a casa. Espera que el gos la segueixi, que l'aturi d'una mossegada, però no ho fa. Es gira i el veu que camina a banda i banda del camí esborrat per la pluja.

A casa, troba els dos petits dempeus que miren el gran amb atenció. El nen té les celles arrufades i un tornavís a la mà. A terra hi ha el plàstic d'un endoll i cables que surten de la paret.

—Es pot saber què fas?

—No anava bé, mama —diu un dels petits, i es fica el polze a la boca.

L'Elvira agafa el gran pel braç i l'obliga a aixecar-se, però s'escapoleix i mentre puja les escales el sent que fa un riure curt com una pessigada.

A l'Elvira li arriba una gota d'aire al front. Al seu cunyat li agraden les coses antigues i en comptes d'aire condicionat tenen un ventilador de sostre que mou les aspes com un molí cansat.

La seva cunyada ha vestit la nena de blanc i amb sabates de xarol. Seu amb l'esquena ben dreta i els cabells recollits en una cua. Ensenya els llavis, lluents com si estiguessin untats d'oli: la seva mare els explica que és la primera vegada que li deixen portar pintallavis, i la nena somriu amb els ulls tancats i amb compte, gairebé sense ensenyar les dents.

Els nens mengen primer, escalopes i patates fregides en una taula més baixa, però la nena seu amb els grans.

—És una nina —diu el seu pare—, es porta tan bé i sempre s'està tan quieta que la podem portar a tot arreu.

La nena mastega sense fer soroll. Els nens, que ja han acabat, l'atabalen fins just abans de les postres, quan li demanen si poden jugar. La nena assenteix amb vehemència i els porta passadís enllà.

El seu cunyat porta els cafès.

—I què, com va la piscina? Ja es cansen prou, els trastos?

—Sí. Els agrada molt.

—Si em vols fer cas —diu el seu cunyat—, la pròxima vegada pensa que al parc es cansen igual i no gasten tanta aigua.

Ella riu amb educació, igual que els altres, i durant un instant gloriós s'imagina que el ventilador caurà sobre la taula i que un tros de vaixella foradarà el coll del cunyat.

S'aixeca i diu que va al lavabo.

Es refresca la cara, i, quan surt, entra a l'habitació dels cunyats. És a les fosques, però tot i així pot veure els coixins petits de punt, apilats els uns a sobre dels altres, els llums amb llàgrimes de vidre a la tauleta de nit. Sent un soroll com d'un cadell que plora. Obre el balcó i veu el carrer, està ple de gent que crida i algú orina en una cantonada. Escolta les veus apagades del menjador i altra vegada el soroll, ara sota el llit. Encén el llum, alça el cobertor i els troba, són el seu fill gran i la nena. La nena es posa vermella, té la cua desfeta i va descalça, agafa les sabates fort, amb les dues mans. El seu fill riu amb la boca tan grossa que sembla que vulgui mossegar-la i ella no pot evitar agafar-lo pel braç i treure'l de sota el llit, aixecar la mà i aturar-se a temps, abans que el nen es deixi anar i corri passadís avall.

Prefereix callar. Els nens, les seves tres rates, s'encalcen, com si no hagués passat res. L'Elvira torna al seu lloc a taula. Ha sortit de l'habitació abans que la nena i ara la veu que entra al menjador amb la roba rebregada. Es miren un moment. La nena obre molt els ulls i una mica els llavis. Potser aquest truc el fa servir amb els seus pares, pensa, els deu mirar així, com un cérvol que mossega una poma. En veure que l'Elvira no fa res, la nena seu al costat del seu pare i li recolza el cap a l'espatlla.

Quan tornen, els nens insisteixen que volen banyar-se. «Un bany, un bany», canten al cotxe, com una lletania, i el pare els fa callar i ella mira per la finestra les rondes que s'entortolliguen i es desfan fins que la carretera entra a la vall i la ciutat queda enrere. Aquest tros sempre li ha agradat, tanta buidor que sembla que no hi hagi res ni ningú.

Arriben a casa i els deixa banyar-se i el seu home li diu que ella mateixa, però que no hagin de tornar a venir els veïns. Els veïns treballen a casa i a l'estiu no poden tenir res obert perquè els nens criden. Quan encara no tenien la piscina, corrien amunt i avall amb una moto de plàstic i xisclaven com si no sabessin parlar. A l'hora de berenar, els donava llet freda amb cacau i magdalenes i no deien res durant cinc minuts. Era com quan era jove i sortia de la discoteca i li quedava com una mena de batec a les orelles.

Fa prometre als nens que no cridaran i, sorprenentment, li fan cas. Es posen el banyador i es llancen a l'aigua. Ella s'enfila a la barana, s'arromanga el vestit fins als genolls i es treu les sandàlies. Fica les cames a l'aigua. Està calenta, però quan les torna a treure i seu a l'escala de metall la brisa la refresca. El fill gran li passa pel costat i s'enfonsa, els cabells li floten amb una ingravidesa de lluna. L'Elvira el crida.

—Què feies sota el llit, amb ta cosina?

Creia que l'enganxaria, així, però no. El nen diu que res. Ella insisteix.

—Deixa'm estar.

L'aigua tremola, potser és ella que la fa tremolar, perquè no se n'ha adonat i està dreta a la piscina, amb tot el vestit que li sura al voltant i el braç ossut del nen aferrat a la mà.

—Què li has fet?

—Què li has fet?

El nen li contesta com un eco i amb el seu riure com una pessigada. L'Elvira li retorça el braç, i li clava un clatellot tan fort que li enfonsa el cap a l'aigua. L'aguanta i els cabells del nen li fan pessigolles al canell. No el deixa sortir ni quan comença a fer bombolles i a moure els braços i les cames, a fer esgarips que li arriben apagats per l'aigua. Quan es queda quiet, aixeca la vista, advertida pel silenci, i veu els altres dos que la miren; rates mullades, bèsties, pensa, i veu els seus ulls, tan grans, tan blancs fins i tot a les fosques, i aleshores deixa anar el cap del gran i durant un moment el veu que sura de cap per avall i que no es mou. Sospira, alleujada. Però aleshores el nen treu el cap de l'aigua, plorant, i ella també es posa a plorar.

CAMINEM SOBRE L'AIGUA

El vent recull el bel de les ovelles i ens el porta. També ens fa arribar l'olor de fems, d'herba fresca, de pedres escalfades al sol. Fa molts anys això va ser una pedrera. Saltem entre les roques, hem deixat el cotxe dalt del turó i ara baixem a tota velocitat, esquivem el bruc, trepitgem l'herba lila i verda, que ens arriba als genolls. El camí es desvia, es bifurca i es torna a ajuntar com si seguís el ritme d'un ball.

Riem. Seguint el camí hi ha murs de pedra seca, i, al final de la pedrera, un rierol amb un arbre i un cartell amb un mapa. Assenyalem els llocs que volem veure amb la mà, allà hi ha una cascada, més enllà, el camí que porta al poble. De tant en tant ens avancen gent que corre o excursionistes amb gossos, un avi vestit de blanc ens diu bona tarda i ens saluda amb el bastó.

Tornant el camí fa pujada, però el fem agafats de la mà. L'enretiro perquè em sua, em fa vergonya tot i el temps que fa que estem junts, i l'Eloi me la torna a agafar fort.

—Ets un cursi —li dic rient, i ell s'enfada una mica perquè sap que ho és. Som a l'equador de les vacances, el món d'ahir queda lluny i el de demà, més encara.

I

És gros i alt, amb unes espatlles que poden abraçar fins a sis gats alhora.

És gairebé calb i té tres pèls just a sobre de la clavícula.

Té una piga darrere l'orella i quan el veig que rumia alguna cosa l'hi pitjo. «Reinicia't», li dic llavors, i ell em pessiga la galta i l'estira com si fos un xiclet.

És el primer dia de vacances i hem perdut la pràctica de no ser a casa. Conduïm sense ganes, ens aturem sense ganes, bevem aigua sense ganes. És agost i odiem l'agost. Creuem França, hem de fer-hi nit abans d'agafar el ferri a Calais. El preu de la gasolina ha pujat molt. A les àrees de servei hi ha cua per aparcar, i a la botiga i al bany.

Les franceses són eficients i no s'entretenen, la cua avança ràpid, tot i així, perdem una bona estona de temps mitjà i l'Eloi, que ho mesura tot en temps mitjans, m'espera a la porta de la gasolinera amb una ampolla de coca-cola i una beguda energètica.

—Hauríem d'haver vingut a l'octubre, quan no hi hagués ningú.

Ens fiquem al cotxe. Una família passa per davant, els nens juguen a empaitar-se i els pares semblen tan cansats com nosaltres.

—Si anem a cent vint en comptes de cent trenta ens estalviarem un dipòsit —diu—. Si sortim ara, arribarem a les onze.

Posa el navegador, fa càlculs. Li dic que si s'està quedant calb és per fer tantes matemàtiques. L'Eloi m'ensenya la calba brillant i se la refrega.

—Aviat podràs veure-hi el nostre futur, no estàs contenta?

Ric.

El camí es fa llarg. Quan em toca conduir, poso el cotxe a cent trenta però ell sempre se n'adona, alguna cosa en el rum-rum del motor l'avisa fins i tot quan es queda adormit. Obre els ulls i em mira amb les celles arrufades. Diu que hem d'anar a cent vint per estalviar gasolina, i jo li contesto que em sap greu, que ha estat sense voler. Arribem tard i cansats, és més de la una de la matinada. Anem a dormir de seguida. Li dic que semblem un matrimoni vell, ell ja s'ha adormit.

La ciutat d'on venim és lletja i polsegosa, industrial. Des del balcó es veuen xemeneies d'un altre temps com ullals vermells. A l'hospital aterren helicòpters, travessen el cel amb algú que ha patit un atac de cor o un accident. Si plou molt la carretera de sota de casa, que té alguns trams soterrats, s'inunda, i veiem com la policia hi posa cons de seguretat.

Els cotxes s'apilen davant el tram inundat i un policia redirigeix el trànsit. Llavors sortim al balcó i ens ho mirem sota el paraigua, la pluja hi martelleja, vessa pels costats, ens fan por els llampecs, els trons que fan retronar l'edifici.

Dins de casa hi ha els gats, un rectangle de calidesa. Deixem el paraigua fora per no mullar el parquet. Ens ajupim, els gats venen a olorar-nos. El Gros miola i ens passa l'ullal pel cantó del dit, com fa sempre per saludar-nos. El Menut ens ensuma les sabates, es queda amb la boca oberta i esternuda. El Sol s'estira i ens olora el cap des del seu rascador-talaia. La Mala Llet fa un miol desganat que sona com si s'hagués pres un got d'anís, té ganes de veure la pluja, l'agafo i li ensenyo la finestra, l'aigua cau en horitzontal i repica contra el vidre. La gata allarga una pota i la recolza a la finestra.

Al pub mengem pastís salat de formatge i amanida. Després, quan es pon el sol, anem a les Bridestones. Diuen que fa centenars d'anys les parelles venien aquí per casar-se i que cantaven i lligaven un trosset de roba al bruc per atreure la bona fortuna. La carretera és recta i ressegueix els erms, travessa pobles on la gent ja és a casa tot i que encara no s'ha fet de nit. La llum és lila, el cel és rosa.

Quan sortim del cotxe un cop de vent em fa volar la bufanda. L'Eloi intenta agafar-la al vol, però se li escapa i queda encallada en una mata d'alguna cosa semblant a la gatosa. La recullo i en posar-me-la hi trobo espines que em rasquen el coll.

El camí puja una mica, el vent ens empeny i ens fa anar més ràpid. A dalt, les pedres fan un semicercle, són tan grosses i estan tan juntes que és gairebé com ser en una cova. El vent les fa sonar i ens pensem que és algú que canta, hi ha ovelles belant en la llunyania. Ens enfilem al punt més elevat, les pedres fan un esglaó i a sobre hi ha un cub de ciment amb una data que fa de mirador. La nit cobreix els erms, la veiem avançar quan el sol s'ha amagat del tot, la terra es torna platejada. Ens cobreixo amb la bufanda, que és tan gran que desplegada sembla una manta.

II

Abans dels trenta em pensava que ho havia vist tot. Havia vist coses alegres, coses tristes, coses infinitament doloroses. Havia vist els altres, creia que m'havia vist a mi. Creia que em coneixia tant com un es pot conèixer a si mateix.

Quan ens mirem ell i jo és com si ens miréssim al mirall amb un altre mirall a les mans. Els nostres reflexos repetits en l'infinit, una multitud de nosaltres.

—Avui dia les parelles no aguanten gens. Al cap del carrer una parella de l'edat del teu pare s'ha divorciat, ella estava embolicada amb un de la feina. Una perduda, és, una bandarra. I a sobre ha hagut de marxar ell, del carrer. Les dones ja no estan fetes de la mateixa pasta. —L'avi va escarxofar-se al sofà, satisfet. A la ràdio sonava un partit de futbol a tot volum—. I el teu amic?

—Quin amic?

—El teu amic.

—És que en tinc molts, d'amics.

—El teu amic, dona, l'Eloi. Ja m'entens.

—Està treballant.

Feia quatre anys que vivíem junts. Ja teníem tot el que necessitàvem, un pis i els gats. De nit fèiem la cullereta, l'Eloi m'abraçava per darrere, i jo abraçava el Menut, a qui li agradava dormir com si fos una persona. Tots tres sospiràvem alhora i eren les millors nits.

—Li diries d'una altra manera si estiguéssim casats? —vaig preguntar a l'avi. Ell va mossegar l'escuradents, pensatiu.

—Abaixa el volum del ràdio. —Per a ell totes les màquines eren masculines: un ràdio, un amoto, un esbrossador—. Abans les coses eren d'una altra manera. Casar-se era una cosa seriosa, per a tota la vida. Ara el jovent es casa perquè sí.

Des que no hi havia la iaia, anar a casa de l'avi era un suplici. Els minuts s'arrossegaven. «Avui he anat a l'hort, he passat l'escombra, he dinat verdura bullida», deia. «Estic solet», deia sempre. «La teva germaneta m'ha vingut a veure. Estem solets, tots dos, ella tampoc té ningú». Com feia servir els diminutius m'exasperava. «En canvi tu estàs acompanyada, almenys fins que decidiu que ja n'heu tingut prou, l'un de l'altra».

Li vaig dir si volia que li tallés els cabells. Va contestar que sí, tot content, i va tornar del lavabo amb una màquina retalladora. Es va asseure en una cadira de plàstic al mig del pati i li vaig posar una tovallola a les espatlles. Tenia el cap ple de ferides, li vaig preguntar com se les havia fet. Em va dir que de tant en tant es clavava cops amb el cony d'extractor quan netejava els fogons.

Tenia quatre pèls al cap, realment si no li tallés els cabells amb prou feines es notaria. L'avi callava mentre li passava la màquina, mig endormiscat pel brunzit. Li vaig demanar que s'abaixés les orelles, ho va fer amb una mà tremolosa. Feia bo, calor i tot, encara que en aquell pati sempre s'hi estava fresc per l'ombra del llimoner i la parra.

Quan vaig acabar, l'avi em va dir que soparia i em va preguntar si em volia quedar.

—Et faré companyia —li vaig dir—, però no menjaré res perquè només són les set.

Va posar unes estovalles sobre la taula del pati i va treure un tros de pa i botifarra. Va llescar el pa, no es va acabar la botifarra, va fer un glop de vi del porró.

Abans de tornar a dins, l'avi va sacsejar les estovalles. Una pluja d'engrunes va caure a terra, semblava la pols que es veu a contraclaror els dies de sol.

—La teva iaia sempre ho feia perquè els ocells també sopessin —va dir com disculpant-se.

De vacances no tenir els gats al costat se'ns fa estrany. Són baròmetres. Ens mesuren a nosaltres i al món, i hem après a veure el que ens envolta a través de les seves lectures. Aprenc que l'Eloi té un mal dia perquè el Gros no se li acosta gaire. Quan estic trista o tinc febre, el Menut se m'estira a la panxa. El Sol s'amaga si ha de ploure. La Mala Llet es renta la cara quan ha de passar alguna cosa dolenta.

—Val més que ho deixem —li vaig dir la primera vegada que vam discutir. Sortíem de la dutxa i a mi em semblava que tot era massa. La dutxa era molt petita i amb prou feines hi cabíem tots dos. No m'agradava que el cul em toqués les rajoles fredes, ni clavar-me l'aixeta a l'esquena, ni el fet de no poder mesurar la temperatura de l'aigua com a mi m'agradava, molt freda a l'estiu i molt calenta a l'hivern. A ell el feien posar nerviós els extrems i necessitava l'aigua de la dutxa sempre tèbia. Per això aquella suma de dos no em convencia, sabia que acabaria dient que era una persona massa difícil, que era impossible adaptar-se als meus alts i baixos, i que estar amb mi era com córrer darrere d'algú que fuig d'un incendi.

L'Eloi només portava una tovallola a les espatlles. Tenia la pell de gallina i l'aigua feia un bassal a terra.

—Ens estalviarem disgustos tots dos —vaig dir

sense gaire convenciment. Vaig sortir del lavabo i el vaig sentir vestir-se, aquella familiaritat també m'incomodava, i els calçotets blancs de vell que portava i que deixava ben plegats a la tapa del vàter abans de dutxar-se, amb la resta de la roba.

—Vull passar la nit a l'erm.

Hem tornat de les Bridestones i som a Hebden Bridge. Passegem pel carrer empedrat, mirem els aparadors de les botigues tancades. Un home borratxo passeja amb la seva parella, la dona va mudada i busquen un lloc per sopar, però ja ha tancat gairebé tot. Ella li diu «Mira, aquí encara és obert, llegim la carta», i ell contesta que ja llegirà demà.

—Vols acampar-hi?

—No, passejar-hi.

Vull perdre de vista la carretera, que ens endinsem en el mar de bruc i herba. Agafem el cotxe una altra vegada. Durant una estona no diem res. L'Eloi deixa el cotxe en un pàrquing a prop del *bed and breakfast*. Hi ha un camí que travessa l'erm fins a una cascada, més enllà hi ha més erm i granges enrunades. Ara que el motor ha parat no se sent res, només el bel de les ovelles i el vent que mou l'herba. Al cel hi ha mitja lluna i tantes estrelles que no ens cal cap llum.

Caminem.

A terra hi ha cagallons, quan en trepitgem un de fresc la pudor ens persegueix una estona. De tant en tant una ovella ens espanta, roseguen herba al costat del camí. Explico a l'Eloi que fa molts anys un home llop va mossegar una ovella i que la pobra es va convertir en una ovella llop que va terroritzar la zona. Es menjava les altres ovelles, els corbs eren els seus sequaços i li portaven conills i nens petits al cau, que ben aviat va estar ple d'ossos. La gent del poble, espantada, primer es tancava a casa i poc després, quan a la nit el bel com un udol de la bèstia ja es feia insuportable, es van reunir i van decidir acabar amb ella d'una vegada per sempre. La van trobar adormida en una cova de bruc, semblava una ovella normal si no fos perquè un filet de sang se li escapava per la boca i tenia els ulls grocs i...

—Les ovelles d'aquí ja tenen els ulls grocs.

—Com aquella d'allà? —dic assenyalant un tros buit de camí.

Ell diu que no hi veu res. Durant una estona li prenc el pèl amb el fantasma de l'ovella llop fins que amenaça que tornarà al *bed and breakfast* i em deixarà sola.

—Jo no tinc por com tu.

Li agafo la mà. Fins i tot quan fa fred té les mans calentes, i encara que estigui enfadat, com ara, no l'enretira mai.

Hem deixat els prats enrere i baixem per un camí estret. Rellisquem un parell de vegades, ens tornem a alçar, sentim la remor d'una cascada més avall. Arribem a un pont, trobem la cascada després de buscar-la una estona, amagada darrere d'un vern i d'un munt d'arbustos que hi creixen.

Se'ns fa de dia quan arribem a les ruïnes de les granges. Amb prou feines hem parlat, i ens hem deixat anar la mà quan hem hagut de grimpar pel corriol que hi porta. Hi ha restes de murs de pedra seca, blocs de pedra que de tant en tant dificulten el camí. De la granja només en queden les quatre parets i el que sembla un estable on els excursionistes han anat deixant mocadors de colors i pintades amb noms i dates.

—Vols que hi deixem els nostres?

Em fa llàstima embrutar les parets. Em trec una arracada.

—De part de tots dos.

La deixem en un forat entre dos maons.

—No es rovellarà. És de titani.

—Com els avions supersònics.

Potser rodolarà i es perdrà per sempre, potser la trobarà algú i se l'endurà o la llençarà, dic quan sortim i mirem com surt el sol. Ell contesta que l'únic segur és que d'aquí a quatre mil milions d'anys el sol desfarà la superfície del planeta i que l'arracada tornarà a la terra, on l'estarem esperant.

III

Quan ens vam conèixer l'Eloi tenia parella, jo feia anys que no estava amb ningú. Només havia tingut una relació que considerés mig seriosa i que creia que m'havia deixat desconfiada i avorrida dels altres per sempre. Vam prendre una coca-cola i una cervesa a la terrassa d'un bar. Feia un vent que aixecava les estovalles i feia dringar els portatovallons contra els para-sols. No em va agradar que encara visqués a casa dels pares i que la seva mare li comprés la roba. Em va agradar que llegís i que rigués, que fos callat i tranquil. I em va semblar que jo no li agradava, perquè es va acomiadar alçant la mà i dient «ja ens veurem».

Molt temps després, quan li vaig preguntar què li havia semblat aquell dia, s'ho va rumiar molta estona, com ara rumia què farà per dinar o quina sèrie li ve de gust veure, i em va dir que vam fer clic com dues peces de Lego.

Al principi tot era extremament simple i extremament complicat.

—Ho hem deixat amb la Clàudia —em va dir un dia que vam quedar per anar a veure una pel·lícula.

Érem al cotxe, s'havia tallat els cabells, feia olor de jaqueta de cuir i de desodorant. Em va explicar que feia temps que no estaven bé, que se li feia una muntanya quedar amb ella, que a la Clàudia li agradava el futbol i que ell l'odiava.

Es va quedar pensatiu i va rumiar molta estona. Li vaig dir que quina llàstima, em semblava que estava ferit, potser l'havia deixat ella i se li feia difícil explicar-m'ho.

Llavors em va preguntar si volia intentar-ho.

Vam fer proves, com les iaies abans de ficar-se a la piscina: primer vam enfonsar el dit gros a l'aigua, quan ja teníem les cames a dins, vam seure als esglaons de la vora, després ens vam esquitxar els braços i per fi ens hi vam submergir del tot.

Ja des del principi es quedava a dormir a casa o a les tres agafava les coses i marxava. Roncava com si necessités ajuda mèdica i jo feia experiments: si li posava un braç per sobre el pit, roncava; si l'hi posava per sobre la panxa, roncava; si l'hi posava un coixí, bufava com si estigués bevent un batut espès de nata amb una canya; si hi deixava el despertador, el despertador li rodolava per sobre i ell es despertava. Llavors em mirava com intentant entendre on era i jo li deia que no sabia què havia passat.

A Cromarty trobem un cementiri i una capella. L'església està abandonada, hi creixen bardisses que s'escapen per les finestres, les gavines han fet niu entre les bigues que no s'han enfonsat. Intentem entrar-hi, però la vegetació és massa espessa. El cementiri, en canvi, està ben atès. Hi ha flors de plàstic a les tombes, la majoria estan netes de pols i brillen pel sol. Hi ha dues fileres de làpides amb la gespa retallada i una bandera al costat, els morts d'un accident en un submarí a principis del segle passat.

A baix, a la platja, un xatrac i una gavina es barallen. Ens hem assegut en un banc, hem vingut buscant-hi foques i dofins i no hi ha res, només alguns nens que es banyen i el xatrac, que cau en picat a sobre de la gavina, que intenta tornar-s'hi a cops de bec abans que l'altre ocell torni a emprendre el vol. S'hi estan una bona estona, potser la gavina ha robat un peix al xatrac que, tot i ser més petit, sembla prou enfadat per no deixar d'atacar-la una i altra vegada.

Mengem unes hamburgueses en una parada prop de la platja abans de tornar. Les patates cremen, però el vent és fred i ens acostem l'un a l'altra per donar-nos escalfor.

Un grup de nens s'amuntega a la parada amb tres dones que els vigilen. Una de les dones els fa seure a les taules de pícnic que hi ha al voltant. «Demanarem les pizzes i després anirem a sopar», els diu amb veu ferma, «a veure, què voleu?». Els nens criden tots alhora, al final ho decideixen per votació.

Penso en tots els anys que fa que no he tingut un estiu com el d'aquests nens.

—Quan la Diana i jo érem petites els estius sempre eren iguals, sabíem què faríem cada dia. Anàvem a un càmping, al matí a la platja i a la tarda a la piscina. A la nit el pare feia carn a la brasa i pa amb tomàquet i embotit.

L'Eloi contesta que els seus estius també eren molt iguals, però a la casa dels avis, al Pirineu. No li agradaven. La casa era en un poble petit, amb una carretera que el creuava, molt amunt de la muntanya. El terreny era tan escarpat que no s'hi podia fer res. Només tenien una plaça petita davant de l'església on de tant en tant jugava sol amb la baldufa o a bales. El poble era tan petit que no hi havia altres nens. Li agradava cuidar-se de l'hort amb el seu pare, que li ensenyava què era cada cosa, obrien la terra amb una aixada i hi posaven les llavors, encara que l'endemà trobaven que els senglars ho havien regirat tot.

—I dins la casa no hi jugaves?

Hi havíem estat una vegada, un cap de setmana. L'Eloi va voler dormir a baix, a l'habitació al costat de la cuina. L'espantaven els sorolls de casa vella que feia, la fusta que espetegava amb el canvi de temperatura. Jo li demanava històries i volia veure les golfes, i l'Eloi m'esperava a la porta, tens, mentre jo em mirava els quadres antics, els mobles coberts amb llençols.

—M'avorria, sempre hi feia fred.

Ens hem acabat les hamburgueses. Recollim les caixes de cartró buides, els tovallons bruts, acabem de beure les llaunes d'Irn-Bru.

—Què prefereixes, aquells estius o els nostres? —pregunta l'Eloi.

Els nens tornen a jugar, es llancen els uns a sobre dels altres, es claven clatellots, es fan riure. Un parell, els més grans, s'han assegut a terra amb l'esquena recolzada a la paret i es miren els altres amb suficiència.

Vam trobar els gats per casualitat. Fèiem un volt abans de sopar, l'edifici del costat encara estava en construcció. En una capsa hi havia quatre cadells de gat, dos de siamesos, un de tigrat, un de ros. Miolaven cridant la mare. Ens els vam emportar a casa. Els vam donar menjar i aigua. Els vam rentar a la pica del bany i els vam embolicar en una tovallola. El pèl se'ls va estarrufar, jugaven a empaitar-se i a pujar els uns sobre els altres i a perseguir aranyes. L'endemà els vam trobar tots al sofà dormint plegats, calentons com un pa acabat de fer.

A partir d'aleshores ens pujaven a la falda, ens perseguien, es posaven al mig del pas. S'estiraven al mig del passadís si feia calor i prenien el sol al menjador a l'hivern. Ficaven el cap i les urpes sota el llit, sota el sofà, sota la nevera. Tiraven el cap amunt i roncaven buscant premis i carícies. Seguien les sirenes de les ambulàncies amb les orelles. Jugaven, menjaven, cagaven i sobretot dormien. Semblava que sempre haguessin estat amb nosaltres.

IV

La mare es va morir quan jo tenia vint-i-un anys i la Diana, disset. Havia estat tantes vegades malalta que ja no hi donàvem importància, fins que un dia no va tornar de l'hospital i la vam enterrar sorpreses com si hagués patit un accident de trànsit. Durant un parell d'anys vam viure tots tres, la Diana, jo i el pare, en una casa que semblava una altra, però amb els armaris plens de la roba de la mare i les seves coses encara per tot arreu.

—Sento que vivim en un mausoleu —em va dir la Diana un dia. El pare feia anys que s'havia tornat a casar i ja no vivia a casa, ara només hi eren ella i la seva gata, un animal gros i negre amb una taca blanca al pit. Els dissabtes dinàvem juntes, l'Eloi també venia, rosegava el pa com si fos un esquirol i escurava els iogurts fent soroll amb la cullera.

—Per què no ho llences tot?

—Cada vegada que ho comento al pare es posa a plorar. Ja no puc més.

Ens vam mirar el menjador, ple dels milers de coixins, mantes estampades, figuretes africanes, tapissos de patchwork, quadres de punt de creu, encens i espelmes a mig cremar que havien estat de la mare. La Diana va anar a la cuina i en va tornar amb un munt de bosses d'escombraries. Es va ajupir davant el sabater de l'entrada i va començar a treure'n sabates. Feia olor de la mare, de peus i d'encens. La Diana va ficar-les dins la bossa, semblava que la foradaria, vaig agafar una altra bossa i vaig fer el mateix. Després vam recollir la roba i les coses de la resta de la casa i les vam carregar al cotxe. L'Eloi va recollir i rentar els plats sense dir res, va plegar les estovalles, va preparar cafè. Quan ja ho havíem recollit tot, vaig dir a la Diana que podríem regalar-ho. Em va contestar que no, que no volia tornar a trobar el fantasma de la mare enlloc més, i vam llençar-ho tot.

Tornant, l'Eloi em va preguntar per la mare. Conduíem per la zona industrial immensa que ajuntava la ciutat de la Diana amb la nostra. Va intentar posar un to indiferent, però ja el coneixia prou per notar-li la curiositat a la veu. L'hi vaig explicar. Es va quedar callat i per fi va dir que la seva àvia havia estat malalta. La van tenir a casa molts anys i ell va créixer sabent que un dia ell emmalaltiria com ella. Ho oblidaria tot, que el seu plat preferit era la truita, els petons que ens havíem fet, la furgoneta de les Tortugues Ninja que va deixar al seu cosí i que no li va tornar mai. Li vaig dir que ja l'hi recordaria jo cada dia si fes falta.

—Et recordaré fins i tot que els pets et fan molta pudor —li vaig dir, i ell em va pessigar la galta.

Una vegada el Menut i el Gros es van perdre. Quan va venir el carter, els gats van aprofitar que l'Eloi obria la porta per sortir esperitats, l'un escales amunt, l'altre escales avall.

Ens vam dividir. Ell va anar cap al pàrquing; jo, cap al terrat. La porta era oberta, un veí estenia els llençols. Li vaig preguntar si havia vist un gat, es va arronsar d'espatlles i llavors el vaig veure. El Gros s'havia enfilat a la barana i observava el carrer com si la ciutat fos seva. Passejava de puntetes i no em veia. Per no espantar-lo vaig treure una bossa de premis que havia portat, el vaig cridar amb veu dolça.

—Gros, Gros, vine aquí, malparit.

El gat em va mirar i es va tornar a girar cap al brogit del carrer, però quan li va arribar l'olor dels premis va baixar d'un salt de la barana.

Trobar el Menut va ser més complicat. Vaig tancar el Gros a casa i vaig baixar al carrer, l'Eloi seguia recorrent l'edifici. Vam buscar entre els testos del pati interior, vam pujar els nou pisos un per un cridant-lo, vam trucar a la porta de tots els veïns.

—Em sap greu —em va dir quan ja havíem perdut l'esperança. Era tard, l'endemà continuaríem i tornaríem a avisar els veïns, els veterinaris de la zona i la protectora, penjaríem cartells.

A la nit no podíem agafar el son.

—Me'n torno a buscar-lo —vaig dir a l'Eloi, i em va dir que venia amb mi. El vam trobar al pàrquing, dormint sota un cotxe que havíem mirat mil vegades, rodó com un tortell de Reis. Estava tan tranquil, amb les orelles i el pèl brut, sospirava com si hagués vist les més grans meravelles.

V

Som dos però de vegades som vuit, deu, vint. Cadascun pot arribar a ser moltes persones, i combinades fan una relació infinita. El jo cansat no s'adiu amb l'ell content; ni l'ell aclaparat amb el jo nerviós. El jo emocionat, en canvi, s'adiu perfectament amb l'ell complaent, sempre disposat a agafar carreteres secundàries, encara que triguem més a arribar, perquè s'hi troben coses més interessants. El jo trist és el pitjor jo. Arriba de cop o a poc a poc em va ofegant, com una habitació que s'inunda. Només s'adiu amb l'ell sense adjectius.

Hem reservat el llac Ness per a l'última part del viatge. Les carreteres, que abans ens semblaven infinites, s'acaben de manera sobtada en poblets petits o es transformen en autopistes quan ens despistem i agafem el trencall que no tocava. Ens aturem en un mirador, fa vent i el llac té unes onades tan grans com el mar. Les sentim repicar mentre baixem les escales humides que porten a tocar de l'aigua. Veiem la riba del davant, però a dreta i esquerra el llac no s'acaba.

Caminem una estona pel costat de les pedres fins a un racó on hi ha un munt de pneumàtics apilats. Al llac amb prou feines hi ha vida, només mosquits. Enfonsem la mà a l'aigua, a la terra marró del fons. L'Eloi en treu una peça metàl·lica, una mena de garfi menjat per l'aigua i l'òxid, i el torna a deixar a l'aigua.

A la tarda, abans de venir, hem anat al centre d'investigació del llac Ness, una exposició tronada amb maniquins amb la perruca torta i vestits de científics, submarins de porexpan i murals de cartolina enganxats amb xinxetes a la paret.

—Em sembla que no trobarem el monstre —diu

l'Eloi. Llancem pedres a l'aigua. Al costat de l'exposició, hem vist vaixells que s'oferien a donar voltes pel llac fent servir un sonar. Quan li proposo que hi anem, l'Eloi m'explica que no val la pena, que no han trobat mai res. És un expert en el monstre des que va veure un documental sobre el llac a la tele quan era petit. Fins i tot va tenir una tortuga que va anomenar Nessi, que els seus pares van llençar a les escombraries pensant que s'havia mort i que només devia estar hibernant.

—De petit volia ser científic per trobar-lo —em va dir un dia que érem a casa dels seus pares i em va ensenyar un dibuix del monstre i la tortuga en una carpeta—. M'hauria agradat portar un batiscaf i explorar tot el fons del llac, trobar-hi el monstre viu, fer-me'n amic. O trobar-ne els ossos i donar-los a un museu.

A l'exposició hi ha vídeos del fons del llac. «El llac Ness arriba a una profunditat de més de 220 metres», diu la veu d'un dels vídeos amb orgull. Sota l'aigua sembla Mart, només hi ha pedres vermelles i partícules en suspensió. La veu continua dient que només s'hi troben salmons, i de tant en tant.

—Me n'esperava una altra cosa —dic quan sortim.

—Aquesta va ser la meva primera gran decepció —diu l'Eloi rient.

Sembla que confirmar una vegada per sempre que el monstre no existeix l'ha deixat apagat. Tornem al cotxe. De tornada, el llac ens sembla simplement un bassal gros.

—No sé mai quan em menteixes i quan no —em diu quan s'enfada. Li contesto que sempre he mentit, que a la meva germana li deia que qui havia escrit *El senyor dels anells* es deia Josep Ramon Rupert Tolkien. De vegades això el fa riure, de vegades no.

—Quan discutim és com si parlés amb una paret —li dic quan m'enfado. A ell li costa trobar les paraules, a mi em costa callar. Jo consumeixo com un foc, l'Eloi congela com vent fred, quan discutim anem a destemps.

Les discussions d'altres parelles són com cançons, tenen ritme i tornada, van i venen i se solucionen ràpid. Les nostres discussions, en canvi, són com un fantasma atrapat en un tocadiscos. Sembla que no hagi de passar res, fins que a mitja nit el mateix missatge es repeteix una vegada i una altra, a plens pulmons.

Notem el final de les vacances com si fos una cosa física, volem agafar-la, fer-ne una bola i llençar-la a les escombraries. Discutim més, ens quedem callats, de sobte volem fer-ho tot o quedar-nos a l'hotel tot el dia. Pensar en la pols de la ciutat on vivim ens fa esternudar, ens sembla que veiem xemeneies com ullals vermells a tot arreu.

Si no fos pels gats, deixaríem el cotxe abandonat en alguna carretera i ens endinsaríem al bosc per sempre. O viuríem en una badia i enfonsaríem els peus a la sorra cada dia. O ens faríem pescadors de crancs, druides o pastors de llops. Però a casa ens esperen.

—Els trobes a faltar?

—Gens ni mica.

—Ens criden com sirenes.

—Cap a les roques?

A la nit dormim malament, potser perquè estem massa amples. «Ens falten gats», li vaig dir el segon dia de vacances. Em vaig despertar perquè tenia fred i no hi havia ningú que m'escalfés els peus asseient-s'hi a sobre ni que em clavés una urpada a la cara perquè tenia gana. Quan a casa fa molt de fred dormim tots junts, una llorigada infinita.

—Què deuen estar fent?

—Res de bo.

Segur que salten sobre el sofà, esgarrapen les parets, esgarrapen la butaca, esgarrapen el llit. Segur que mengen massa, i beuen massa, segur que quan la Diana els visita es troba el passadís vomitat i ple de pèls. Segur que mengen herba gatera i fan la croqueta, segur que juguen amb les seves joguines, amb algun mitjó que hagi quedat per terra, amb els coixins. Segur que s'amaguen sota la manta per jugar a perseguir-se. Segur que ni ens esperen ni ens troben a faltar, es tenen els uns als altres i només saben que avui han de menjar, jugar, dormir i cagar.

VI

—Aquella ovella tus com un iaio.

Som en una fira grangera. Un home amb la camisa suada mesura les cuixes de les ovelles, cobertes de llana espessa i esponjosa. Hi enfonsa la mà, els mira el cap, els dona copets al llom amb un bastó. Totes les ovelles es porten bé menys una, d'un marró gairebé negre, que bela sense parar i tus.

—Deu estar refredada.

—O potser és una ovella llop disfressada.

Fa molta calor. És el penúltim dia de les vacances, avui comencem la tornada i agafarem el ferri i dormirem a França. Ens aturem en una parada que ven joguines per a animals de companyia, comprem un ratolí de peluix per als gats.

—Hauríem d'anar marxant o farem tard —diu l'Eloi.

—No podem veure les vaques de les Highlands?

Ell mira el rellotge i fa que sí. Ens acostem al tancat. Les vaques són molt grosses, tenen banyes llarguíssimes i el serrell els tapa els ulls. Em moro de ganes de tocar-ne una, de sentir el pèl suau entre els dits. Una vaca que pren el sol sospira i recolza el cap a la tanca. El granger diu a un nen que hi ha al nostre costat que li toqui la banya que surt entre els barrots, no punxa, i per demostrar-ho hi posa un dit a la punta. El nen, espantat però decidit, allarga una mà tremolosa.

Tornant al cotxe passegem entre tractors i altres

màquines de granja. Són models antics, però brillen com si fossin nous.

Passem pel costat d'una caravana que anuncia que s'hi llegeix el futur en una bola de vidre. «Endevinem les mentides en els negocis i l'amor, bones o males collites i quin temps farà durant tot l'any. Infal·lible!», promet un cartell que han posat davant de la caravana. Una dona a l'entrada es venta amb un programa de la fira i ens mira somrient. L'Eloi sospira i diu «anem», i no sé si vol dir que tornem al cotxe o que entrem a la caravana, però al final assenyala el cartell.

—Deu ser car —li dic per fer-me pregar una mica—. Però mai he vist una bruixa amb una bola de vidre.

—Deu minuts i marxem. I a canvi no podrem fer cap parada més en tres hores.

—Fet —contesto, i em dirigeixo a la dona que hi ha a l'entrada de la caravana. Resulta que és la bruixa, em sorprèn que vagi amb texans i amb una samarreta amb publicitat d'una marca de tractors. Ens diu el preu i que hem de pagar per avançat, hi ha gent que no vol pagar després de sentir les prediccions i ha agafat el costum de fer-ho sempre així. Acceptem i enretira la cortina de boles de plàstic que hi ha a la porta de la caravana, dins sí que sembla més el cau d'una bruixa. Fa olor d'encens, hi ha coixins estampats per tot arreu, del sostre pengen mòbils que sonen com si un ramat d'ovelles ens envoltés.

A la taula desplegada d'un dels laterals hi ha la bola. És una bola de plasma com la que venen a les botigues de joguines, d'aquelles que deixen anar rajos porpres. Ens mirem de cua d'ull. La bruixa s'asseu i encén la bola, la mira i de tant en tant n'atreu els rajos amb la punta dels dits.

—Estimeu-vos i caminareu sobre l'aigua —diu amb una veu profunda i els ulls tancats, i llavors ens mira i ens deu veure la decepció a la cara perquè continua—: Cada bruixa fa servir l'instrument que li va millor.

Fem que sí.

—La meva àvia llegia el futur al pòsit del cafè, i la seva àvia en els ossos dels morts.

Són instruments infinitament més interessants que la bola de plasma, però no diem res. En sortir tornem al cotxe callats. Em sap greu haver-nos gastat els diners en aquesta bajanada. Ell diu que li ha agradat la bola, i que havíem de recordar-nos de posar un bol amb llet a la cuina la nit de Tots Sants si no volíem que els *cat-sìths* se'ns mengessin les vaques.

Els seus pares són com la gavina i el xatrac. Es barallen però de vegades sembla que juguin, l'un burxa l'altra abans d'emprendre el vol i de rebre una picada i tornar a començar. Asseguts a la saleta, on hi ha un quadre d'una cacera i una figura amb un pallasso que plora, s'esperen que l'Eloi arribi per posar pau i ell es posa de part de l'un o de l'altra, segons toca. En porta el compte al mòbil, així s'assegura que és just.

—Però algun dels dos ha de tenir raó, no? —li pregunto el dia que tornem de les vacances.

—Això rai.

Sortim de casa seva i anem cap al port. Els hem portat whisky i una manta escocesa. El seu pare fa un xiulet en veure el whisky i se'n serveix unes gotes per escurar el cafè després de dinar.

—És bo —diu fent petar els llavis—. Però no calia anar tan lluny per anar a buscar whisky, al súper de baix en venen un de tan bo o més que aquest.

Agafo aire per contestar-li i l'Eloi em clava un cop de colze al costat. La meva sogra se m'avança, li etziba que ens deixi en pau, que no sap agrair res, i ens pregunta si ens volem quedar a sopar. L'Eloi fa que no amb el cap, l'endemà treballem, volem anar a veure el mar.

La platja no és lluny, hi ha un espigó on es pot passejar. Fa vent. Em faig una cua per no despentinar-me. Ens avança gent que corre, nens amb bicicleta. El mar repica contra les roques grosses de l'espigó. En una hi ha un home que pesca, el fil de la canya es perd entre les onades.

—Creus que acabarem com ells?

—Discutint o quaranta anys junts?

Em molesta que digui aquestes coses. De vegades em fa la sensació que em coneix més que jo a ell, que sap alguna cosa que se m'escapa.

—Idiota.

L'Eloi em pessiga la galta.

Al final de l'espigó hi ha un llum de bocana que dona pas al port. Fem mitja volta. Sembla que siguem mar endins, que caminem sobre l'aigua.